打《だ》順《じゅん》未《み》定《てい》、ポジションは駄《だ》菓《が》子《し》屋《や》前《まえ》

はやみね かおる／作　ひのた／絵

講談社 青い鳥文庫

うめ
ヌク
野球《やきゅう》を愛《あい》する
中学《ちゅうがく》2年生《ねんせい》。
（そのほかのことは、
お話《はなし》を読《よ》んでね!）
梅《うめ》
バアチャン
駄菓子屋《だがしや》の
バアチャン。
直樹君《なおきくん》
1年生《ねんせい》のときに
野球部《やきゅうぶ》を辞《や》めた、
“ちょっぴり粗暴《そぼう》”な
同級生《どうきゅうせい》。

目次《もくじ》

鈴木《すずき》さん
駄菓子屋前《だがしやまえ》で会《あ》った謎《なぞ》の人《ひと》。算盤《そろばん》とサッカーが得意《とくい》。
ハル
体《からだ》も態度《たいど》もデカい1年生《ねんせい》の女《おんな》の子《こ》。
小川蛍《おがわほたる》
ヌクがひそかに思《おも》いをよせる同級生《どうきゅうせい》。直樹君《なおきくん》の幼《おさな》なじみ。

PLAYERS《プレイヤーズ》

選手名鑑《せんしゅめいかん》

春日《かすが》　温《あつし》

（選手登録名《せんしゅとうろくめい》：ヌク）

中学《ちゅうがく》２年生《ねんせい》（14歳《さい》）

投打《とうだ》：右投《みぎな》げ右打《みぎう》ち

ポジション：駄菓子屋前《だがしやまえ》

身長《しんちょう》／体重《たいじゅう》：149.1ｃｍ《センチメートル》／37.9ｋｇ《キログラム》

血液型《けつえきがた》：Ｂ型《ビーがた》

趣味《しゅみ》：野球《やきゅう》

前年度《ぜんねんど》シーズン成績《せいせき》

試合《しあい》	打席数《だせきすう》	安打《あんだ》	本塁打《ほんるいだ》	打率《だりつ》	失策《しっさく》
0	0	0	0	0	0

プレイボール

「よし、次《つぎ》は打撃練習《だげきれんしゅう》！」

キャプテンの大《おお》きな号令《ごうれい》。グラウンドの陽炎《かげろう》が、ゆらりと揺《ゆ》れる。

ぼくらは元気《げんき》よく返事《へんじ》をし、それぞれの持《も》ち場《ば》へダッシュ！

用意《ようい》されるバッティングケージは四つ。そのケージに向《む》かうのは、三年生中心《ねんせいちゅうしん》のレギュラー陣《じん》だ。

一年生《ねんせい》は、外野《がいや》フェンスや陸上部《りくじょうぶ》がいるトラックのほうへ。他《ほか》のクラブが練習《れんしゅう》してるところへ、ボールが転《ころ》がらないようにするのが役目《やくめ》だ。

二年生《ねんせい》や準《じゅん》レギュラーは、ケージの裏《うら》で先輩《せんぱい》のバッティングを見《み》たり、フィールド内《ない》で守備《しゅび》についたりする。グローブを持《も》った同級生《どうきゅうせい》の明君《あきらくん》が、ぼくをチラッと見《み》てから二塁後《るいこう》方《ほう》へ走《はし》っていく。

ぼくは、そんな二年生《ねんせい》とは逆方向《ぎゃくほうこう》へダッシュ。三塁《るい》ベンチ脇《わき》から、グラウンドの外《そと》へ。フェンスの戸《と》は、きちんと閉《し》める。閉《し》めておかないと、ボールが外《そと》へ転《ころ》がってしまうからね。

グラウンド沿《ぞ》いの緩《ゆる》い坂《さか》を下《お》りて、左右《さゆう》を見《み》る。日中《にっちゅう》は車止《くるまど》めが設置《せっち》され、車両進入禁止《しゃりょうしんにゅうきんし》になってるんだけど、どうしても車《くるま》が来《こ》ないかどうかを確認《かくにん》してしまう。

道《みち》の向《む》かい側《がわ》には、二枚《まい》のすだれを立《た》てかけて夏《なつ》の日射《ひざ》しをさえぎってる駄菓子屋《だがしや》さん。

ぼくは、そのすだれを背《せ》にする。

そして、膝《ひざ》に手《て》をかけ腰《こし》を軽《かる》く落《お》とし、グラウンドのほうに向《む》かって声《こえ》を出《だ》した。

「バッチ、こ〜い！」

そんなぼくを、日傘《ひがさ》をさしたおばさんが、不思議《ふしぎ》そうに見《み》て通《とお》りすぎる。

ここまで読《よ》んだきみが、おばさんと同《おな》じように不思議《ふしぎ》な気持《きも》ちでいると困《こま》るので、少《すこ》しばかり状況《じょうきょう》を説明《せつめい》しよう。

まずは、自己紹介《じこしょうかい》。ぼくの名前《なまえ》は、春日温《かすがあつし》。中学《ちゅうがく》二年生《ねんせい》。「温《おん》」の一文字《ひともじ》で「あつし」。でも、みんなからは、「ヌク」と呼《よ》ばれている（「温い」と書《か》いて、「ぬくい」と読《よ》むって、知《し》ってる？）。

背《せ》は低《ひく》くて、力《ちから》もない。だけど、野球《やきゅう》は大好《だいす》き。小学生《しょうがくせい》の間《あいだ》は、近《ちか》くの公園《こうえん》で野球《やきゅう》をやっていた。友《とも》だちとゴムボールでやる野球《やきゅう》は、とても楽《たの》しかった。でも、中学生《ちゅうがくせい》になったら、みんなクラブ活動《かつどう》や塾《じゅく》で忙《いそが》しく、公園《こうえん》に集《あつ》まる友《とも》だちはいなくなった。

だから、ぼくは野球部《やきゅうぶ》に入《はい》ったんだ。

ぼくが所属《しょぞく》する中学《ちゅうがく》の野球部《やきゅうぶ》は、かなり強《つよ》い。県内《けんない》で、必《かなら》ずベスト16に入《はい》るくらいの強豪《きょうごう》だ。

部員数《ぶいんすう》も多《おお》く、三年間《ねんかん》がんばってもレギュラーになれない人《ひと》も多《おお》い。しかも今年《ことし》は、優勝《ゆうしょう》を狙《ねら》えるくらいのレベルだから、練習《れんしゅう》にも力《ちから》が入《はい》るのは当然《とうぜん》だ。

そして、ぼくみたいに練習《れんしゅう》しても上手《じょうず》にならない部員《ぶいん》は、特別《とくべつ》な役目《やくめ》を与《あた》えられる。

野球部《やきゅうぶ》のグラウンドは、高台《たかだい》にある。ボールが飛《と》び出《だ》さないよう、緑色《みどりいろ》のフェンスで囲《かこ》まれてるんだけど、予算《よさん》がなかったためか、三塁側《るいがわ》フェンスの一部《いちぶ》が低《ひく》い。

そして、打球《だきゅう》が、その低《ひく》いところからグラウンドの外《そと》に飛《と》び出《だ》してしまうことがある。

そんなときのために、ぼくがいる！

グラウンドを飛《と》び出《だ》したボールは、アスファルト道路《どうろ》で大《おお》きく弾《はず》み、どこかへ行《い》ってしまう。それを探《さが》すのが、ぼくの役目《やくめ》だ。

それに、ボールが駄菓子屋《だがしや》さんに突《つ》っこんだりしたらたいへんだ。商品《しょうひん》に損害《そんがい》を与《あた》えた場合《ばあい》、野球部《やきゅうぶ》の予算《よさん》から弁償《べんしょう》しなければならなくなる。

つまり、ぼくには鉄壁《てっぺき》の守備《しゅび》が要求《ようきゅう》されているわけだ。

ポジションは、『駄菓子屋前《だがしやまえ》』。一年生《ねんせい》のときから、ここを死守《ししゅ》している。

いや……本当《ほんとう》はレギュラーを狙《ねら》ってるんだけどね。

第《だい》一打《だ》席《せき》

ポジションは駄《だ》菓《が》子《し》屋《や》前《まえ》

「バッチ、こ〜！」

定位置《ていいち》の駄菓子屋前《だがしやまえ》。ぼくは、腰《こし》を落《お》として声《こえ》を出《だ》す。

気《き》を抜《ぬ》くわけにはいかない。いつ、ボールが飛《と》び出《だ》してくるかわからないからだ。

パキャン！

打撃音《だげきおん》のあと、白《しろ》いボールが緑《みどり》のフェンスを越《こ》えたのが見《み》えた。

来《き》た！

全身《ぜんしん》の筋肉《きんにく》が緊張《きんちょう》する。目《め》はボールをしっかり見《み》てるんだけど、なかなか体《からだ》が反応《はんのう》しない。

グローブを頭上《ずじょう》に掲《かか》げ、ぼくはボールの落下地点《らっかちてん》へ移動《いどう》。右《みぎ》……いや、少《すこ》し左《ひだり》。前《まえ》へ行《い》きすぎたか……。

よし、ここだ！

グローブをかまえて、ボールが落《お》ちてくるのを待《ま》つ。

だんだん大《おお》きくなったボールは、前方約《ぜんぽうやく》四メートルのアスファルトで、大《おお》きくバウンドした。

しまった！

あわてて前進《ぜんしん》。でも、大《おお》きく弾《はず》んだボールは、ぼくの頭《あたま》の上《うえ》を越《こ》えて後《うし》ろへ――。

そこにあるのは、駄菓子屋《だがしや》さん。ボールは、二枚《まい》のすだれの隙間《すきま》から、店《みせ》の中《なか》へ飛《と》びこもうとしている。

マズイ！

ぼくは、全速《ぜんそく》ダッシュ！　足《あし》がもつれるけど、なんとかボールを押《お》さえないと……。

ボールが、ぼくの動《うご》きとは比《くら》べものにならない勢《いきお》いで、すだれの間《あいだ》を抜《ぬ》けた。

ぼくは、ガラスの割《わ》れる音《おと》や商品《しょうひん》が崩《くず》れ落《お》ちる音《おと》を覚悟《かくご》した。

でも、店《みせ》の中《なか》からは、なんの音《おと》もしなかった。

すだれと店《みせ》の間《あいだ》に、大《おお》きな人影《ひとかげ》。そこから伸《の》びた手《て》が、ボールをナイスキャッチしたからだ。

「ふぃふぉうふぁふぁ、ふぃっふぉふぉふふぁふぁっふぇふぁいふぁ。」

意味不明《いみふめい》のことを言《い》って、ボールを投《な》げ上《あ》げてはキャッチをくり返《かえ》す、直樹君《なおきくん》。

なんて言《い》ってるのかわからないのは、アイスキャンディをくわえてるからだ。どうせ、

バカにするようなことを言《い》ってるんだろうけどね。

「……ありがと。」

ぼくは、直樹君《なおきくん》からボールを受《う》けとろうと、手《て》を伸《の》ばす。

直樹君《なおきくん》は、ぼくの手《て》を無視《むし》して、ボールを道《みち》のほうへ転《ころ》がす。

べつに腹《はら》も立《た》たない。昨日《きのう》も、同《おな》じことをされた。

ボールを追《お》いかけようとしたぼくは、ひとつはっきりしてなかったことを、直樹君《なおきくん》に確《かく》認《にん》する。

「今《いま》、なんて言《い》ったの？」

すると、直樹君《なおきくん》はアイスキャンディを口《くち》からはなし、ニヤリと笑《わら》った。

「『昨日《きのう》から、ちっともうまくなってないな。』って言《い》ったんだよ。」

大《おお》きなお世話《せわ》だ。そんなに一日《にち》でうまくなるわけないだろ。下手《へた》だから、こうして練習《れんしゅう》してるんじゃないか。——というようなことを心《こころ》の中《なか》でつぶやいて、ぼくは守備《しゅび》に戻《もど》る。

「バッチ、こーい！」

ぼくは、腰《こし》を落《お》としかまえる。

心理状態《しんりじょうたい》は、少《すこ》しばかり不安定《ふあんてい》。直樹君《なおきくん》に「うまくなってない。」と言《い》われたからだ。

直樹君《なおきくん》は、ぼくと同《おな》じ二年生《ねんせい》。一年生《ねんせい》のときは野球部《やきゅうぶ》に入《はい》っていて、将来《しょうらい》は野球部《やきゅうぶ》を引《ひ》っぱっていく選手《せんしゅ》になると期待《きたい》されていた。

高校生《こうこうせい》とまちがうくらい体《からだ》が大《おお》きく、パワーがある。直樹君《なおきくん》が打《う》ったボールは、重力《じゅうりょく》を無視《むし》して外野《がいや》フェンスを越《こ》えていった。そして、マウンドから投《な》げる球《たま》は、ラジコン操作《そうさ》されてるように、曲《ま》がった。

小学《しょうがく》三年生《ねんせい》のころからリトルリーグに入《はい》っていて、四年生《ねんせい》のときから四番《ばん》でピッチャーだったそうだ。

四番《ばん》でピッチャーか……。ぼくも公園《こうえん》で野球《やきゅう》をやっていたが、打順《だじゅん》やポジションは、日《ひ》によって変《か》わった。ジャンケンで決《き》めていたからだ。

とにかく直樹君《なおきくん》は、同学年《どうがくねん》――いや、野球部全体《やきゅうぶぜんたい》を見回《みまわ》しても、ずば抜《ぬ》けてすごかった。

そのころのぼくは、少《すこ》し、直樹君《なおきくん》をあこがれの目《め》で見《み》ていた。たくさん練習《れんしゅう》して、彼《かれ》のようになろうと目標《もくひょう》にしていた。

なのに、一年生《ねんせい》の夏休《なつやす》み前《まえ》、直樹君《なおきくん》は野球部《やきゅうぶ》を辞《や》めた。

どうして辞《や》めたかは知《し》らない。知《し》る気《き》もない。――というか、今《いま》の直樹君《なおきくん》にはあまりかかわりたくないというのが正直《しょうじき》なところだ。

かかわりたくないんだけど、毎日《まいにち》、直樹君《なおきくん》は駄菓子屋《だがしや》でアイスキャンディを食《た》べている。彼《かれ》が、アイスキャンディを好《この》もうが押《お》しクジに熱中《ねっちゅう》しようが、静《しず》かにしていてくれたら、ぼくには関係《かんけい》ない。

なのに、すずしい店内《てんない》からヤジを飛《と》ばし、ぼくの精神状態《せいしんじょうたい》をかき乱《みだ》す。

「おい、ヌク――！」

ほら、こんなふうにして、ぼくの集中力《しゅうちゅうりょく》を乱《みだ》すんだ。

ぼくは、直樹君《なおきくん》の言葉《ことば》を無視《むし》する。

「おい、ヌクってば！」

無視《むし》！

「気《き》ィ抜《ぬ》くな！　来《く》るぞ。」

え？

次《つぎ》の瞬間《しゅんかん》、ぼくの前《まえ》で、ボールが大《おお》きくバウンドした。おどろいてる暇《ひま》はない。ボールは、ぼくの頭《あたま》の上《うえ》を飛《と》び越《こ》え、駄菓子屋《だがしや》に向《む》かって一直線《いっちょくせん》。

ヤバイ！

でもボールは、駄菓子屋《だがしや》の中《なか》を破壊《はかい》する前《まえ》に、直樹君《なおきくん》の大《おお》きな手《て》のひらでキャッチされた。

「ボールが来《く》るって教《おし》えてやってるのに、なに、ボーッとしてるんだよ。」

直樹君《なおきくん》が、ボールをとりに行《い》ったぼくに言《い》う。

「………」

ぼくは、無言《むごん》でボールをうばい返《かえ》すと、守備《しゅび》に戻《もど》る。

「おーい、お礼《れい》の言葉《ことば》をもらってないぞ。」

直樹君《なおきくん》の、うっとうしい声《こえ》。ぼくは、背中《せなか》を向《む》けたまま、

「ありがと。」

と、素《そ》っ気《け》なく言《い》った。

あれ？　ぼくは、不思議《ふしぎ》なことに気《き》がついた。直樹君《なおきくん》は、駄菓子屋《だがしや》の中《なか》にいて、どうしてボールが飛《と》んでくるのがわかったんだろう？

そうきいたら、とてもバカにしたような声《こえ》が返《かえ》ってきた。

「ヌク、おまえどんだけ駄菓子屋前《だがしやまえ》を守《まも》ってんだよ。フェンスを飛《と》び越《こ》えるファールのときは、明《あき》らかに打球《だきゅう》の音《おと》がちがうじゃねぇか。――気《き》づいてなかったのか？」

……はい、気《き》づいてませんでした。

「情《なさ》けねぇ奴《やつ》だな。集中力《しゅうちゅうりょく》が足《た》りないんだよ。」

その集中力《しゅうちゅうりょく》を乱《みだ》してるのは、どこのどいつだ。

「もっと、一球一球《いっきゅういっきゅう》に集中《しゅうちゅう》して練習《れんしゅう》しないと、うまくならねぇぞ。」

じつに、カチンとくる言葉《ことば》だ。頭《あたま》にくる……でも、なにも言《い》い返《かえ》せない。

ぼくは彼《かれ》に背《せ》を向《む》けて、守備体勢《しゅびたいせい》をとる。

そんなぼくの背中《せなか》に、直樹君《なおきくん》の言葉《ことば》がのしかかってくる。

「だいたい、おまえは変《か》わってるよ。この暑《あつ》いのに、グラウンドじゃなく駄菓子屋前《だがしやまえ》で守《まも》ってて、なんとも思《おも》わないのか？　こんなボロイ駄菓子屋《だがしや》なんか、ボールが飛《と》びこんだってかまわねぇじゃん。」

続《つづ》いて、パカンという音《おと》が聞《き》こえた。想像《そうぞう》するに、直樹君《なおきくん》が駄菓子屋《だがしや》の梅《うめ》バアチャンに叩《たた》かれたんだろう。

うん、たしかに、直樹君《なおきくん》の言《い》うことはわかる。

この暑《あつ》いのに、いつ飛《と》んでくるかわからないボールを待《ま》ちながら「バッチ、こ〜い！」って叫《さけ》んでるなんて、よほどの物好《ものず》きだ。

その理由《りゆう》はなにかというと、ぼくが野球《やきゅう》を好《す》きだということ。

そして、もうひとつの理由《りゆう》が、陽炎《かげろう》の向《む》こうから歩《ある》いてきた。

黒《くろ》いレースの日傘《ひがさ》を右肩《みぎかた》にあて、左手《ひだりて》にバイエルの入《はい》ったバッグを持《も》った女《おんな》の子《こ》。ストレートの長《なが》い髪《かみ》が、歩《ある》くたびに揺《ゆ》れる。

彼女《かのじょ》の名前《なまえ》は、小川蛍《おがわほたる》。趣味《しゅみ》はピアノ。いつもは放課後《ほうかご》に行《い》くレッスンを、夏休《なつやす》みに入《はい》ってからは、週《しゅう》に三日《みっか》、午前中《ごぜんちゅう》に通《かよ》ってる。

今日《きょう》は、そのレッスン日《び》だ。

「がんばってるね、春日君《かすがくん》。」

少《すこ》しも汗《あせ》をかいてない笑顔《えがお》が、ぼくを見《み》る。

ぼくも、彼女《かのじょ》に笑顔《えがお》を返《かえ》す。

よし！　今《いま》までの疲《つか》れた気持《きも》ちは、どこかへ消《き》えた。ぼくは、まだまだがんばれる！

彼女《かのじょ》のさわやかな笑顔《えがお》は、どんな疲労回復剤《ひろうかいふくざい》よりも効果《こうか》があるんだ。

それを、

「おーい、パルック！　おまえも、アイスキャンディ食《く》わねぇか？」

直樹君《なおきくん》の声《こえ》がかき消《け》す。

小川蛍《おがわほたる》は日傘《ひがさ》を閉《と》じると、笑顔《えがお》のまま駄菓子屋《だがしや》の中《なか》に入《はい》っていった。

「『パルック』って呼《よ》ぶなって言《い》ってるでしょ！　このバカ直《なお》！」

バイエルの入《はい》ったバッグで、直樹君《なおきくん》をビシバシ叩《たた》く音《おと》。いつもの光景《こうけい》だ。

「なんでだよ、小《ちい》さいときから『パルック』って呼《よ》んでるんだから、かまわねぇじゃねぇか！」

直樹君《なおきくん》の反論《はんろん》は、

「中学生《ちゅうがくせい》にもなって、いつまでも昔《むかし》のことを言《い》ってるんじゃない！」

という彼女《かのじょ》の怒鳴《どな》り声《ごえ》とバッグで叩《たた》く音《おと》に、どこかへ飛《と》ばされた。

ぼくは、直樹君《なおきくん》のことを少《すこ》しもうらやましいと思《おも》わないが、彼《かれ》が小川蛍《おがわほたる》のご近所《きんじょ》さんで幼《おさな》なじみの関係《かんけい》だということは、とてもうらやましく思《おも》ってる。

もし今《いま》、悪魔《あくま》があらわれて、

「魂《たましい》をわたすのなら、おまえを小川蛍《おがわほたる》の幼《おさな》なじみにしてやろう。」

と言《い》ったら、ぼくは喜《よろこ》んで直樹君《なおきくん》の魂《たましい》をあげるだろう（あれ？　自分《じぶん》の魂《たましい》をあげるんだっけ？）。

駄菓子屋《だがしや》から逃《に》げ出《だ》してきた直樹君《なおきくん》が、ぼくの後《うし》ろにかくれる。

そんな彼《かれ》を見《み》て、小川蛍《おがわほたる》はため息《いき》をついた。

「まったく……。直《なお》も、少《すこ》しは春日君《かすがくん》を見習《みなら》いなよ。直《なお》のお母《かあ》さん、なげいてるよ。『野《や》球《きゅう》バカだった直《なお》が野球部《やきゅうぶ》をやめて、ただのバカになった。』って――。」

「うるせぇな。」

そっぽを向《む》く直樹君《なおきくん》。

「なにか、熱中《ねっちゅう》できることないの？」

そうきかれて、うるさそうに手《て》を振《ふ》る。

「ねぇよ。それに、おまえに関係《かんけい》ないだろ。――早《はや》くピアノ行《い》けよ、遅《おく》れるぞ。」

シッシッと手《て》を振《ふ》られ、また小川蛍《おがわほたる》はため息《いき》をついた。

日傘《ひがさ》をさし、バッグを持《も》ち直《なお》すと、ぼくに笑顔《えがお》を向《む》けた。

「暑《あつ》いけど、春日君《かすがくん》はがんばってね。」

もう一度《いちど》、書《か》こう。この笑顔《えがお》は、ぼくに向《む》けられたものだ。

よし！ これで、この夏《なつ》が記録的《きろくてき》な暑《あつ》さになっても、ぼくは耐《た》えられるぞ！

歩《ある》いていく彼女《かのじょ》。それを見送《みおく》るぼく。

すると、太《ふと》い腕《うで》が背後《はいご》からぼくの首《くび》にからみついた。耳元《みみもと》で、直樹君《なおきくん》がささやく。

「知《し》ってるか？ 蛍《ほたる》の幼虫《ようちゅう》は肉食《にくしょく》で、とっても凶暴《きょうぼう》なんだ。あいつにそっくりだな。」

それがどうした。そんなガサツな口《くち》をきくから、彼女《かのじょ》に叩《たた》かれるんだ。――そう思《おも》ったけど、ぼくは口《くち》に出《だ》さない。わざわざアドバイスして、彼《かれ》の好感度《こうかんど》を上《あ》げる必要《ひつよう》はない。

ぼくは、直樹君《なおきくん》の腕《うで》をはずして、守備《しゅび》に戻《もど》る。

「まったく、ヌクもよくやるよ。この暑《あつ》いのによ。」

肩《かた》をすくめて直樹君《なおきくん》が駄菓子屋《だがしや》に戻《もど》るけど、無視《むし》。

今《いま》、ぼくの頭《あたま》の中《なか》では、小川蛍《おがわほたる》の『がんばってね。』という言葉《ことば》がリフレインしてるんだ。邪魔《じゃま》しないでほしい。

「おーい、ヌク～！」

駄菓子屋《だがしや》の中《なか》から聞《き》こえる声《こえ》を、無視《むし》！

目《め》を閉《と》じて、小川蛍《おがわほたる》の顔《かお》と『がんばってね。』という声《こえ》を再生《さいせい》。とけだしそうに暑《あつ》い住宅街《じゅうたくがい》の風景《ふうけい》が、一気《いっき》にさわやかな高原《こうげん》に変《か》わる。

……で、そんなことをしてたら、またボールが、ぼくの頭上《ずじょう》を飛《と》び越《こ》えた。

ああ……。


「バッチ、こーい！」

背中《せなか》に感《かん》じる直樹君《なおきくん》の視線《しせん》を振《ふ》り切《き》るように、ぼくは声《こえ》をあげた。ぼくが無視《むし》してるので、直樹君《なおきくん》は、かなり怒《おこ》ってるみたい。

「バッチ、こー！」

しかし、どれだけ声《こえ》を振《ふ》りしぼっても、なかなかボールは飛《と》んでこない。

おかしいな……。

足下《あしもと》にできた真《ま》っ黒《くろ》い影《かげ》。顎《あご》の先《さき》から落《お》ちた汗《あせ》が染《し》みを作《つく》るけど、一瞬《いっしゅん》で乾《かわ》いてしまう。

「おーい、ヌク！　アイスキャンディ、一口《ひとくち》かじらせてやろうか？」

なかなか魅力的《みりょくてき》な提案《ていあん》だ。

でも、今《いま》は練習中《れんしゅうちゅう》。そんな誘惑《ゆうわく》に負《ま》けるような、軟弱《なんじゃく》な精神《せいしん》ではない。

とにかく、練習《れんしゅう》に集中《しゅうちゅう》するんだ！

すると、

「あれ？　ヌクさん、なにやってんすか？　練習終《れんしゅうお》わりましたよ。」

声《こえ》がした。

野球部《やきゅうぶ》の一年生《ねんせい》が、三人《にん》立《た》っている。ユニフォーム姿《すがた》じゃない。制服《せいふく》に着替《きか》え、手《て》にはスポーツドリンクのボトルを持《も》っている。

えーっと……。

ぼくは、彼《かれ》らの姿《すがた》から、現在《げんざい》の状況《じょうきょう》を推理《すいり》する。

どうやら、練習《れんしゅう》は終《お》わったらしい。太陽《たいよう》の位置《いち》から考《かんが》えても、もう正午《しょうご》を過《す》ぎてるんだろう。そして、三人《にん》の一年生《ねんせい》は、家《いえ》に帰《かえ》るところと考《かんが》えて、まちがいない。

直樹君《なおきくん》のおかげで精神状態《せいしんじょうたい》が不安定《ふあんてい》だったぼくは、練習終了《れんしゅうしゅうりょう》の声《こえ》を聞《き》きのがしたみたいだ。

ぼくは、帽子《ぼうし》をとって汗《あせ》をぬぐう。

「教《おし》えてくれて、ありがとう。ぼくも、あがるよ。」

一年生《ねんせい》に言《い》って、足下《あしもと》に集《あつ》めておいた数個《すうこ》のボールを拾《ひろ》い上《あ》げる。

「じゃあ、お先《さき》に――。」

歩《ある》いていこうとする一年生《ねんせい》の前《まえ》に、直樹君《なおきくん》が立《た》ちはだかった。

「ちょっと待《ま》てよ。」

「なっ、なんですか……。」

一年生《ねんせい》は、大《おお》きな体《からだ》の直樹君《なおきくん》に、おびえてる。

直樹君《なおきくん》が、三人《にん》をにらみつけて言《い》った。

「おまえら、一年《ねん》なんだろ。なに、生意気《なまいき》な口《くち》きいてんだ。〝ヌクさん〟じゃなくて、ちゃんと〝春日先輩《かすがせんぱい》〟って呼《よ》べ。」

「いや……だって、みんな、そう呼《よ》んでるし……。」

口《くち》ごもる一年生《ねんせい》。

ぼくは、直樹君《なおきくん》に駆《か》け寄《よ》り服《ふく》を引《ひ》っぱる。

「いいんだよ、呼《よ》び方《かた》なんか。」

「いや、よくない！」

断固《だんこ》とした口調《くちょう》の直樹君《なおきくん》。

ぼくの制止《せいし》を振《ふ》り切《き》り、さらに一年生《ねんせい》に言《い》う。

「それに、ヌクの足下《あしもと》にあるボールが見《み》えないのか？　一年《ねん》なら、『おれたちが片《かた》づけます。』って言《い》うのが筋《すじ》だろ。」

すると、一年生《ねんせい》のひとりが反論《はんろん》した。

「そりゃそうかもしんないけど、なんで、野球部《やきゅうぶ》でもないあんたに言《い》われなきゃいけないんだよ。」

その一年《ねん》を、他《ほか》の二人《ふたり》が止《と》める。

「やめとけって。この人《ひと》、二年《ねん》じゃ有名《ゆうめい》な暴《あば》れもんだぜ。」

「それに、この人《ひと》も少《すこ》しだけ野球部《やきゅうぶ》にいたって話《はなし》だ。」

「部内《ぶない》で暴《あば》れて、追《お》い出《だ》されたって話《はなし》だぞ。」

小声《こごえ》で言《い》ってるんだろうけど、ぼくにも直樹君《なおきくん》にも、丸聞《まるぎ》こえだ。

直樹君《なおきくん》の体《からだ》が、ブワッと一回《ひとまわ》り大《おお》きくなったように見《み》えた。どうやら怒《いか》りが体《からだ》を覆《おお》ってるみたいだ。

ぼくは、一年生《ねんせい》と直樹君《なおきくん》の間《あいだ》に体《からだ》を入《い》れ、一年生《ねんせい》に「早《はや》く行《い》け。」と目《め》で合図《あいず》する。

ペコンと頭《あたま》を下《さ》げ、一年生《ねんせい》が逃《に》げるように走《はし》っていく。

ふう、これで、かわいい後輩《こうはい》を守《まも》ることができた。

ホッと一安心《ひとあんしん》のぼくの体《からだ》が、宙《ちゅう》に浮《う》く。直樹君《なおきくん》が、ぼくの胸《むな》ぐらをつかんで吊《つ》り上《あ》げてるのだ。

「なんで逃《に》がすんだよ、ヌク！　一年《ねん》に、礼儀《れいぎ》ってものを教《おし》えてやろうとしたのに！」

直樹君《なおきくん》に、人《ひと》に教《おし》えられるような礼儀《れいぎ》があるとは思《おも》えない……と、苦《くる》しい息《いき》の中《なか》で、ぼくは考《かんが》える。

「それに、ヌクだって腹立《はらた》つだろ。一年《ねん》に、あんななめた態度《たいど》とられてよ！」

ぼくは、首《くび》を横《よこ》に振《ふ》って言《い》った。

「いいんだよ。だって、あの一年《ねん》のほうが、二年《ねん》のぼくよりうまいんだから。」

次《つぎ》の瞬間《しゅんかん》、ぼくの体《からだ》はドサリと地面《じめん》に落《お》ちた。

尻餅《しりもち》をついたぼくを、直樹君《なおきくん》が見下《みお》ろしてる。

「おまえは、それでいいのか？」

ぼくは、うなずく。

「そうかよ！」

怒鳴《どな》る直樹君《なおきくん》。ぼくは殴《なぐ》られるのを覚悟《かくご》した。でも、直樹君《なおきくん》はぼくに背中《せなか》を向《む》けると、ゴジラのようにノシノシ歩《ある》いていった。

そのゴジラは、集《あつ》めておいたボールを蹴散《けち》らしていくのを忘《わす》れない。

さすが、ゴジラ……。

次《つぎ》の日《ひ》、ぼくが駄菓子屋前《だがしやまえ》の守備位置《しゅびいち》につくと、

「よぉ、ヌク。今日《きょう》も暑《あつ》いな。」

店内《てんない》から、直樹君《なおきくん》の声《こえ》。

昨日《きのう》ゴジラに変身《へんしん》したことなど、まったく覚《おぼ》えてないような、あっけらかんとした声《こえ》だ。

ぼくは、守備位置《しゅびいち》を離《はな》れ、駄菓子屋《だがしや》の入《い》り口《ぐち》に立《た》つ。アイスキャンディをくわえた直樹《なおき》君《くん》が、ぼくを見《み》る。

ぼくはきいた。

「怒《おこ》ってないの？」

「え？　なにが？」

キョトンとした顔《かお》の直樹君《なおきくん》。

ぼくは確信《かくしん》した。確実《かくじつ》に、昨日《きのう》のことは忘《わす》れてる。

「それより、ヌク。――来《く》るぞ。」

「え？　なにが？」

振《ふ》り返《かえ》ってグラウンドのほうに顔《かお》を向《む》けたぼくは、なにが来《く》るのかわかった。

道路《どうろ》で弾《はず》んだファールボールが、ぼくの左目《ひだりめ》を直撃《ちょくげき》した。


「バッチ、こー！」

ぼくは、守備位置《しゅびいち》に戻《もど》った。

左目《ひだりめ》には袋《ふくろ》に入《はい》ったままのアイスキャンディがあてられ、上《うえ》からタオルで巻《ま》いてある。

「休《やす》んでなくていいのか？」

直樹君《なおきくん》が言《い》ってくるが、無視《むし》。

練習中《れんしゅうちゅう》にもかかわらず、守備位置《しゅびいち》を離《はな》れたから、こんな目《め》にあったんだ。いくら今日《きょう》は小川蛍《おがわほたる》のレッスンがない日《ひ》だとしても、もっと集中《しゅうちゅう》しなくては！

反省《はんせい》！

しかし、その集中《しゅうちゅう》を乱《みだ》す声《こえ》が、駄菓子屋《だがしや》の中《なか》から飛《と》んでくる。

「そのアイス、おごりじゃないんだからな。」

わかってる。

「ちゃんと、お金《かね》は払《はら》うよ。」

振《ふ》り返《かえ》らず言《い》う。そして、大《おお》きく息《いき》を吸《す》う。

「バッチ、こ～！」

ぼくは、声《こえ》を出《だ》すことで、自分《じぶん》に気合《きあい》を入《い》れる。

太陽《たいよう》はだんだん高《たか》くなり、ぼくが立《た》つアスファルトの上《うえ》からも、ゆらゆらと陽炎《かげろう》がのぼる。

気《き》のせいか、足下《あしもと》がベタつく。ひょっとして、アスファルトがとけてる？

「バッチ、こー！」

声《こえ》を出《だ》した瞬間《しゅんかん》、パキャンという打撃音《だげきおん》がして、フェンスを越《こ》えたボールが飛《と》んできた。

今度《こんど》こそ！

ぼくは、とけきってしまったアイスキャンディを左目《ひだりめ》からはずし、ボールを見《み》る。

ぐんぐん迫《せま》ってくるボール。

落下点《らっかてん》は——。前《まえ》……。いや、行《い》きすぎだ。二メートル四十センチ、バック！　そして、左《ひだり》に一メートルと二十二センチ（多分《たぶん》）。

ここだ！

ぼくは、両手《りょうて》を伸《の》ばす。

スパン！　という音《おと》と、グローブ越《ご》しに伝《つた》わってくる重《おも》い痺《しび》れ。

やった！　ナイスキャッチ！

ぼくは、ボールの入《はい》ったグローブを高《たか》く掲《かか》げて、駄菓子屋《だがしや》のほうを見《み》た。

直樹君《なおきくん》は、冷凍庫《れいとうこ》に上半身《じょうはんしん》を突《つ》っこみ、新《あたら》しいアイスキャンディを選《えら》んでる。

なんで、見《み》てないんだよ！

「ほら！　直樹君《なおきくん》、ほら！」

グローブを持《も》った手《て》をブンブン振《ふ》ったら、ようやく直樹君《なおきくん》が、こっちを見《み》た。

「へぇ～。よくとったな。」

アイスキャンディを手《て》にした直樹君《なおきくん》が言《い》った。ぼくは、少《すこ》し拍子抜《ひょうしぬ》け。もっと賞賛《しょうさん》の声《こえ》が聞《き》けると思《おも》ったのに……。

「いや、本当《ほんとう》に感心《かんしん》してるんだぜ。――ヌク、さっきボールがあたっただろ。なのに、よくボールに向《む》かっていって、キャッチできたと思《おも》ってさ。」

……褒《ほ》められてるんだろうな。

「怖《こわ》くなかったのか？」

そうきかれて、ぼくは考《かんが》える。

「ボールがぶつかったのは痛《いた》かったけどね。怖《こわ》くはなかったよ。」

「ふーん、そんなもんか。」

興味《きょうみ》なさそうに言《い》って、アイスキャンディを持《も》った直樹君《なおきくん》は、ぼくに背《せ》を向《む》ける。

その様子《ようす》が、なんだか揺《ゆ》らいで見《み》えたのは、アスファルトから立《た》ちのぼる陽炎《かげろう》のせいだろう。

ぼくは、直樹君《なおきくん》の次《つぎ》の言葉《ことば》を待《ま》つ。でも、アイスキャンディをくわえた直樹君《なおきくん》は、店《みせ》に吊《つ》るされた埃《ほこり》だらけの奴凧《やっこだこ》やプラスチックのブーメランを、ぼんやり見《み》てる。

えーっと、これで会話終《かいわお》わり？

ぼくは、守備位置《しゅびいち》に戻《もど》る。

「バッチ、こ～い！」

声《こえ》を出《だ》すけど、なかなか集中《しゅうちゅう》できない。背後《はいご》の直樹君《なおきくん》が、ちょっと気《き》になる。

いつもヤジを飛《と》ばしてきてうるさい直樹君《なおきくん》。なのに静《しず》かだと、調子《ちょうし》が狂《くる》う。

――なにかあったのかな？　アイスキャンディの食《た》べすぎで、お腹《なか》を壊《こわ》したのかな？

そんなことを考《かんが》えてたら、

「練習終《れんしゅうお》わり！　――一年《ねん》、グラウンド整備《せいび》、忘《わす》れんな！」

また、練習終了《れんしゅうしゅうりょう》の声《こえ》を聞《き》きのがすところだった。危《あぶ》ない、危《あぶ》ない。

グラウンドに戻《もど》ろうとしたとき、

「おい、ヌク。みんな帰《かえ》ったあと、ちょっと残《のこ》ってろよ。野球《やきゅう》やろうぜ。」

背後《はいご》で、直樹君《なおきくん》が言《い》ってる。

続《つづ》いて、梅《うめ》バアチャンに、

「オバチャン、ボール売《う》って。ゴムボールでいいんだ。え？　百円《えん》じゃないの？　――なんで、駄菓子屋《だがしや》が消費税《しょうひぜい》とるんだよ！」

文句《もんく》を言《い》いながら、ボールを買《か》ってる。

このとき、ぼくは決《き》めていた。

着替《きか》えたら、一目散《いちもくさん》に帰《かえ》るんだ。

部室《ぶしつ》で着替《きか》えてると、明君《あきらくん》に話《はな》しかけられた。

「ヌク。おまえ昨日《きのう》、直樹《なおき》にからまれてる一年《ねん》を助《たす》けたんだって？」

最初《さいしょ》、なんの話《はなし》かわからなかった。

でも、昨日《きのう》の一年生《ねんせい》三人《にん》が寄《よ》ってきて、

「本当《ほんとう》、助《たす》かりました。」

「ヌク先輩《せんぱい》、見直《みなお》しましたよ。」

と言《い》われて、思《おも》い出《だ》した。

「いや、あれはべつに助《たす》けたとかそんなんじゃないから。それに、直樹君《なおきくん》も、一年生《ねんせい》にからんでたわけじゃないし——。」

あわてて否定《ひてい》する。

「照《て》れるなよ。」

明君《あきらくん》が、ぼくの背中《せなか》をポンと叩《たた》く。ぼくは、べつに照《て》れてないし、うれしくもない。

それに、直樹君《なおきくん》が乱暴者扱《らんぼうものあつか》いされてるのが、なんとなく不快《ふかい》だった。彼《かれ》は、みんなが言《い》うほど悪《わる》い奴《やつ》じゃないぞ。

そう思《おも》ったぼくは、直樹君《なおきくん》のいいところを数《かぞ》え上《あ》げようとして挫折《ざせつ》した。……いいところがひとつも見《み》つからない。実際《じっさい》、暴《あば》れ者《もの》だし……。

「でも、あの直樹《なおき》って人《ひと》、どうして野球部《やきゅうぶ》を辞《や》めたんです？」

一年《ねん》のひとりが、明君《あきらくん》にきいた。

「あいつ、すごくうまかったんだぜ。おれたちの学年《がくねん》で、一年《ねん》のころからレギュラーに交《ま》じって練習《れんしゅう》したのは、直樹《なおき》だけだからな。」

「へえ、そうなんだ。」

それを聞《き》いたぼくは、感心《かんしん》してうなずく。うまいのは知《し》ってたけど、一学期《がっき》からレギュラーに交《ま》じっていたとは――。

明君《あきらくん》が、びっくりしてぼくを見《み》た。

「あれ？　なんで、ヌクが知《し》らないんだ？」

ぼくは、入部《にゅうぶ》してすぐに駄菓子屋前《だがしやまえ》というポジションを手《て》に入《い》れた。それ以降《いこう》、グラウンドの中《なか》でなにが起《お》こったか、なかなかわからない。

「じゃあ、あいつが辞《や》めた原因《げんいん》も知《し》らないのか？」

「それは、昨日《きのう》、ちょっとだけ聞《き》いた。部内《ぶない》で暴《あば》れたんだろ？」

ぼくの言葉《ことば》に、明君《あきらくん》がうなずく。

「ああ。暴《あば》れる数日前《すうじつまえ》の紅白戦《こうはくせん》で、打席《だせき》に立《た》った直樹《なおき》は、ボールをぶつけられたんだ。それを恨《うら》んで、大暴《おおあば》れしたんだろ。おれも殴《なぐ》られて、アザができたよ。」

なるほど、やっぱり直樹君《なおきくん》は暴《あば》れ者《もの》だ。

「ヌクも、直樹《なおき》に目《め》をつけられないようにしろよ。ケガしたら、つまんねぇからな。」

明君《あきらくん》が言《い》った。

うん。ぼくも目《め》をつけられたくない。

「──というわけで、戸締《とじ》まりよろしく！」

明君《あきらくん》と一年生《ねんせい》が部室《ぶしつ》を出《で》ていく。

気《き》がつくと、部室《ぶしつ》に残《のこ》ってるのは、ぼくひとりだった。

部室《ぶしつ》の戸締《とじ》まりをし、職員室《しょくいんしつ》に鍵《かぎ》を戻《もど》す。

駄菓子屋《だがしや》前《まえ》を通《とお》ると直樹君《なおきくん》に見《み》つかりそうなので、別《べつ》ルートを通《とお》ることにする。

正門《せいもん》を出《で》て、左《ひだり》。大通《おおどお》りから狭《せま》い道《みち》に入《はい》ったところで、自転車《じてんしゃ》がガシッと止《と》まった。

なにかにぶつかったわけじゃない。

前《まえ》を見《み》ると、直樹君《なおきくん》が、ぼくの自転車《じてんしゃ》のハンドルを押《お》さえてる。

「どこへ行《い》こうとしてるのかな？」

ゴジラが、ぼくをにらんでる。

ぼくの頭《あたま》は、高速回転《こうそくかいてん》。

「迎《むか》えに来《き》たんじゃないか。さぁ、学校《がっこう》に戻《もど》ろうか。」

「おお、そうか。出迎《でむか》えご苦労《くろう》！」

直樹君《なおきくん》が、ゴジラから人間《にんげん》に戻《もど》る。

ぼくは、自分《じぶん》のナイスな言《い》い訳《わけ》に感動《かんどう》する。

でも、自転車《じてんしゃ》ごと直樹君《なおきくん》に引《ひ》きずられながら、思《おも》った。事態《じたい》は、なんにもよくなってないって……。

「あのさ、直樹君《なおきくん》。もうお昼《ひる》だよ。野球《やきゅう》は、お昼《ひる》ご飯《はん》を食《た》べてからにしたらどうだろう？」

とにかく、この場《ば》を脱出《だっしゅつ》することだけを考《かんが》える。

直樹君《なおきくん》が、言《い》う。

「おれのことなら心配《しんぱい》するな。駄菓子屋《だがしや》で、カレーせんべいを山《やま》のように食《く》ったからな。腹一杯《はらいっぱい》だ。」

それは、よかったね。ぼくは、なにも食《た》べてないので、腹《はら》ぺこだよ。

もちろん、心《こころ》の中《なか》のつぶやきは、直樹君《なおきくん》に届《とど》かない。

ぼくは、どこにも逃《に》げ場《ば》がないことを理解《りかい》した。

「おー、なんか久《ひさ》しぶりだな。」

グラウンドに入《はい》った直樹君《なおきくん》が、大《おお》きく伸《の》びをする。

ぼくには、さっきまでいたなじみ深《ぶか》いグラウンドだ。

「ボールやバットは、片《かた》づけてあるよ。」

ぼくが言《い》うと、直樹君《なおきくん》は、

「いらねぇよ、そんなの。」

ジーパンの尻《しり》ポケットから、ゴムボールを出《だ》す。

「バットは、っと……。」

あたりを見回《みまわ》した直樹君《なおきくん》が、部室棟《ぶしつとう》の脇《わき》に置《お》かれた掃除用具《そうじようぐ》に目《め》をとめた。

竹箒《たけぼうき》を持《も》つと、素振《すぶ》り。

ボォン！

直樹君《なおきくん》のスイングで、土埃《つちぼこり》があがる。

「先《さき》っぽが、邪魔《じゃま》だな。」

ためらいなく、竹箒《たけぼうき》を破壊《はかい》する直樹君《なおきくん》。かつて竹箒《たけぼうき》だったものは、一本《ぽん》の竹《たけ》の棒《ぼう》になった。

その棒《ぼう》をかまえ、直樹君《なおきくん》が振《ふ》った。

シュン！

鞭《むち》を振《ふ》ったような、鋭《するど》い音《おと》。スイングが、見《み》えないくらい速《はや》い。

「よし、ＯＫ《オーケー》！」

直樹君《なおきくん》は右打席《みぎだせき》に入《はい》ると、ガシガシ蹴《け》って足《あし》の位置《いち》を決《き》めた。

きちんとならされていた打席《だせき》がボコボコになるのを、ぼくは黙《だま》って見《み》ていた。

そんな視線《しせん》に気《き》づいた直樹君《なおきくん》が言《い》う。

「かまわねぇよ。ちゃんとあとで、トンボかけとくから。それより、早《はや》く投《な》げろ。」

直樹君《なおきくん》が、ピッチャーズ・マウンドを竹《たけ》の棒《ぼう》で指《さ》す。

ぼくは、きれいにトンボでならされたグラウンドに、足《あし》を入《い》れた。

マウンドに立《た》つ。よく考《かんが》えてみたら、初《はじ》めての経験《けいけん》だ。

思《おも》っていたより、高《たか》い。なんだか偉《えら》くなったような気《き》がする。でも、そんな感動《かんどう》は、直《なお》樹君《きくん》の怒鳴《どな》り声《ごえ》で消《き》えた。

「ほら、早《はや》く投《な》げろ。」

竹《たけ》の棒《ぼう》をかまえる直樹君《なおきくん》。

直樹君《なおきくん》の足《あし》の位置《いち》を見《み》る。

ずいぶんホームベースから離《はな》れて立《た》っている。これじゃあ、いくら長《なが》い竹《たけ》の棒《ぼう》を持《も》ってるとはいえ、外角《がいかく》のボールには、届《とど》かないだろう。

いや、それが直樹君《なおきくん》の作戦《さくせん》なのかもしれない。

ぼくに外角《がいかく》のボールを投《な》げさせるために、ベースから離《はな》れて立《た》ってるのにちがいない。

ここは、外角《がいかく》ギリギリから外側《そとがわ》に大《おお》きく曲《ま》がるカーブで、様子《ようす》を見《み》るのが正《ただ》しい。

そう結論《けつろん》を出《だ》したぼくは、ひとつ重要《じゅうよう》なことに気《き》づいた。

ぼくは、カーブを投《な》げられないいんだっけ。

うーん、どうしよう……。

「早《はや》く投《な》げろって、言《い》ってんだろ！」

直樹君《なおきくん》の怒鳴《どな》り声《ごえ》が、パワーアップする。

うん、迷《まよ》っていても仕方《しかた》ない。とにかく、外角《がいかく》に投《な》げておけばまちがいないだろう。

ぼくは、大《おお》きく振《ふ》りかぶると、ゴムボールを投《な》げた。

ボールは、ぼくの足下《あしもと》に叩《たた》きつけられると、バウンドして転《ころ》がる。手《て》からボールをはなすタイミングが少《すこ》し遅《おそ》かったようだ。

「……冗談《じょうだん》でやってるのか？」

直樹君《なおきくん》が、真剣《しんけん》な声《こえ》できいてきた。じつに失礼《しつれい》な質問《しつもん》だ。

「ゴムボールなんて、久《ひさ》しぶりだからね。ちょっと手元《てもと》が狂《くる》ったんだよ。」

ぼくは、恥《は》ずかしいのをかくして言《い》い訳《わけ》する。

続《つづ》いて、第二球《だいにきゅう》。

今度《こんど》は、まっすぐ飛《と》んだ。でも、外角《がいかく》――いや、ストライクゾーンのほうではなく、直《なお》樹君《きくん》の背中《せなか》のほうを通《とお》ってバックネットへ――。

「ヌクに注文《ちゅうもん》しても無駄《むだ》だと思《おも》うが、せめて、バットの届《とど》く範囲《はんい》に投《な》げてくれないか。」

拾《ひろ》ったボールを投《な》げ返《かえ》して、直樹君《なおきくん》が言《い》う。

無駄《むだ》だと思《おも》うのなら、注文《ちゅうもん》しないでほしい。

続《つづ》いて第三球《だいさんきゅう》。

今度《こんど》は、さっきよりストライクゾーンに近《ちか》づいた。でも、ボールは直樹君《なおきくん》の顔面《がんめん》に向《む》かって一直線《いっちょくせん》。

危《あぶ》ない！

そう思《おも》った瞬間《しゅんかん》、直樹君《なおきくん》はスッとよけた。

「さすがに運動神経《うんどうしんけい》がいいね。」

ぼくが言《い》う。

直樹君《なおきくん》は、黙《だま》ってボールを拾《ひろ》うと、ぼくに向《む》かって投《な》げた。

なんだ？　ぶつけられそうになって、怒《おこ》ってるのかな？

打席《だせき》に立《た》って竹《たけ》の棒《ぼう》をかまえる。

ぼくが第《だい》四球《きゅう》を投《な》げようとした瞬間《しゅんかん》——。

「やめた……。」

棒《ぼう》を投《な》げ出《だ》し、グラウンドを出《で》ていく直樹君《なおきくん》。

えーっと、やめたってどういうこと？

呆然《ぼうぜん》としてるぼくに、直樹君《なおきくん》が言《い》う。

「トンボかけ、よろしくな。」

あれ？　たしか、打席《だせき》のほうは、直樹君《なおきくん》がかけるんじゃなかったっけ？

呼《よ》び止《と》めようとしたんだけど、直樹君《なおきくん》の背中《せなか》が、「下手《へた》に呼《よ》び止《と》めたら殴《なぐ》る。」って言《い》ってる。

……仕方《しかた》ない。どうせ、こんなことになるだろうって思《おも》ってたし。

トンボを持《も》ってグラウンド整備《せいび》を始《はじ》めたぼくの目《め》に、元竹箒《もとたけぼうき》だった棒《ぼう》が入《はい》る。

ちょっと！　この破壊《はかい》された竹箒《たけぼうき》は、どうすりゃいいんだよ！

次《つぎ》の日《ひ》、駄菓子屋前《だがしやまえ》の守備位置《しゅびいち》に向《む》かうぼくは、直樹君《なおきくん》に言《い》う文句《もんく》を、頭《あたま》の中《なか》で整理《せいり》していた。
・「野球《やきゅう》をやろう。」と誘《さそ》ったのは直樹君《なおきくん》なのに、勝手《かって》に帰《かえ》るのはひどい。
・打席《だせき》にトンボをかけると言《い》ったのに、ぼくに丸投《まるな》げしたのはひどい。
・壊《こわ》した竹箒《たけぼうき》を直《なお》さずに帰《かえ》ったのはひどい。
以上《いじょう》のことを言《い》ったら、直樹君《なおきくん》は涙《なみだ》を流《なが》して自分《じぶん》の非《ひ》を認《みと》めるだろう。「ごめんなさい、ヌク君《くん》。」って――。

でも、直樹君《なおきくん》は駄菓子屋《だがしや》にいなかった。

なんだか拍子抜《ひょうしぬ》け。

「バッチ、こ～。」

声《こえ》を出《だ》しても、なんだか気合《きあい》が入《はい》らない。駄菓子屋《だがしや》から、直樹君《なおきくん》のヤジが飛《と》んでこないからだ。

うーん、調子《ちょうし》が狂《くる》う。

そんなとき、小川蛍《おがわほたる》が陽炎《かげろう》の向《む》こうから歩《ある》いてきた。

とたんに、やる気《き》がみなぎる。

「バッチ、こー！」

フル充電《じゅうでん》したバッテリーみたいに、ぼくは元気《げんき》になる。

「がんばってるね、春日君《かすがくん》。」

小川蛍《おがわほたる》の笑顔《えがお》。さっきまでの暑《あつ》さや気怠《けだる》さが、みんな吹《ふ》き飛《と》んでしまう。

彼女《かのじょ》が、ぼくの横《よこ》で止《と》まった。

そして、駄菓子屋《だがしや》のほうを見《み》てから言《い》った。

「直《なお》がいないと、静《しず》かでいいね。」

うん、本当《ほんとう》だ。おかげで、彼女《かのじょ》と二人《ふたり》だけの時間《じかん》を過《す》ごせる。

ぼくは、天《そら》に向《む》かって、今《いま》は亡《な》き直樹君《なおきくん》に手《て》を合《あ》わせて感謝《かんしゃ》する（いや、死《し》んでないけどね)。

「『夏風邪《なつかぜ》はバカがひく。』って言《い》うけど、あたってるね。この暑《あつ》いのに、風邪《かぜ》ひくなんて、本当《ほんとう》にバカ直《なお》なんだから。」

そう言《い》う口調《くちょう》が、どこか心配《しんぱい》してるように、ぼくには聞《き》こえた。

でも、どうして直樹君《なおきくん》が風邪《かぜ》をひいたって、小川蛍《おがわほたる》は知《し》ってるんだろう?

そうきくと、彼女《かのじょ》は、右手《みぎて》をひらひら振《ふ》った。

「昨日《きのう》の夕方《ゆうがた》、スイカのおすそわけを持《も》ってったの。そうしたら、おばさんが言《い》ってたわ。」

なるほど、そうだったのか。

ご近所《きんじょ》さんなんだから、スイカを持《も》ってくくらいよくあることだな。うん、うん。

「じゃあ、暑《あつ》いけどがんばってね。」

さわやかな笑顔《えがお》を残《のこ》して、小川蛍《おがわほたる》が歩《ある》いていく。

「バッチ、こー!」

ぼくは、気合《きあい》フル充電《じゅうでん》で声《こえ》を出《だ》す。

暑《あつ》くてつらくなったら、彼女《かのじょ》との会話《かいわ》を思《おも》い出《だ》す。会話《かいわ》の中身《なかみ》が、直樹君《なおきくん》がらみの話《はなし》ばかりだったことには、心《こころ》を閉《と》ざす。

次《つぎ》の日《ひ》、直樹君《なおきくん》は復活《ふっかつ》していた。

「よぉ、ヌク。昨日《きのう》は休《やす》んで悪《わる》かったな。」

いや、そんなことは全然悪《ぜんぜんわる》くないし、べつに今日《きょう》も来《き》てくれなくてもいいし、できるなら、ずっと休《やす》んでてくれるほうがありがたいと思《おも》うんだが……。

そうは思《おも》ったけど、黙《だま》っていた。

それより、一昨日《おととい》のことをきちんと言《い》わなければ。

ぼくは、昨日《きのう》まとめた文句《もんく》を、理路整然《りろせいぜん》と話《はな》した。

すると、直樹君《なおきくん》は言《い》った。

「ああ、そうだっけ。そりゃ悪《わる》かったな。」

——それだけですか！

ぼくの予想《よそう》では、直樹君《なおきくん》は涙《なみだ》を流《なが》して反省《はんせい》するはずだったのに。いったい、どうなってるんだ。

いや、これが直樹君《なおきくん》なんだ。人《ひと》として大事《だいじ》な部分《ぶぶん》が欠《か》けてるんだ。そんな奴《やつ》を相手《あいて》に腹《はら》を立《た》てても仕方《しかた》ない。

ぼくは、守備位置《しゅびいち》に戻《もど》る。

背後《はいご》から、直樹君《なおきくん》の声《こえ》。

「おい、ヌク。今日《きょう》も野球《やきゅう》するからな。残《のこ》ってろよ。」

了解《りょうかい》。練習《れんしゅう》が終《お》わったら、速攻《そっこう》で帰《かえ》ってやる！


「お先《さき》です！」

着替《きが》えを終《お》えたぼくは、真《ま》っ先《さき》に部室《ぶしつ》を出《で》る。他《ほか》の部員《ぶいん》があっけにとられてるけど、かまうもんか。

さて、どのルートで帰《かえ》るか――。

駄菓子屋前《だがしやまえ》を通《とお》るのは、やっぱり危険《きけん》だ。かといって、一昨日《おとつい》の道《みち》も危《あぶ》ないことに変《か》わりない。

そう判断《はんだん》したぼくは、家《いえ》とは反対方向《はんたいほうこう》へ自転車《じてんしゃ》を進《すす》める。かなり遠回《とおまわ》りになるけど、果《か》樹園《じゅえん》に沿《そ》って帰《かえ》ることにしよう。

途中《とちゅう》、公園《こうえん》の横《よこ》を通《とお》る。小学校《しょうがっこう》のときによく野球《やきゅう》をやった公園《こうえん》だ。懐《なつ》かしくなったぼくは、自転車《じてんしゃ》を止《と》めて公園《こうえん》を見《み》る。

子《こ》どもがひとりもいない公園《こうえん》。お昼時《ひるどき》だから、みんな家《いえ》でご飯《はん》を食《た》べてるんだろうか？　それとも、熱中症《ねっちゅうしょう》が怖《こわ》くて、公園《こうえん》で遊《あそ》ばないんだろうか？

そんなことを考《かんが》えてたら、

「誰《だれ》もいない公園《こうえん》は気持《きも》ちいいな。思《おも》いっきり野球《やきゅう》できるぜ。」

声《こえ》がした。

芝生《しばふ》の中《なか》——大《おお》きな木《き》に、直樹君《なおきくん》がもたれていた。『芝生《しばふ》に入《はい》るな！』の看板《かんばん》は、彼《かれ》の目《め》に入《はい》ってないようだ。

「さぁ、野球《やきゅう》やろうぜ。」

芝生《しばふ》を出《で》ると、直樹君《なおきくん》は地面《じめん》に足《あし》で線《せん》を引《ひ》いた。ホームベースと、バッターボックスだ。

「ヌク、ボールは？」

「………。」

逃《に》げる気力《きりょく》のないぼくは、カバンを開《あ》ける。一昨日《おととい》のゴムボールが、そのまま入《はい》ってる。

ぼくは、きいた。

「どうして、公園《こうえん》で待《ま》ってたの？」

すると、直樹君《なおきくん》はニヤリと笑《わら》う。

「一流《いちりゅう》のバッターは、ピッチャーの心理状態《しんりじょうたい》を完璧《かんぺき》に読《よ》むことができるんだぜ。――ストライクを投《な》げるか、一球遊《きゅうあそ》ぶか。カーブかストレートか。みんなわかるんだぜ。」

そういうものですか。

「この間《あいだ》、グラウンドを荒《あ》らしただろ。だからヌクは、ちがう場所《ばしょ》で野球《やきゅう》をしようと考《かんが》えた。そうだろ？」

全然《ぜんぜん》ちがうけど、ぼくは生暖《なまあたた》かい笑顔《えがお》でうなずいた。

「さぁ、投《な》げろよ。」

あきらめたぼくは、ピッチャーズ・プレート代《が》わりの線《せん》を引《ひ》く。

そして、直樹君《なおきくん》に言《い》った。

「バットは？」

「ああ、忘《わす》れてた。」

直樹君《なおきくん》は、芝生《しばふ》にズカズカと入《はい》りこみ、手頃《てごろ》な枝《えだ》をバキッと折《お》った。

「あの……直樹君《なおきくん》、その看板読《かんばんよ》める？」

ぼくは、『芝生《しばふ》に入《はい》るな！』の看板《かんばん》を指《ゆび》さした。

「に入《はい》るな！」

答《こた》える直樹君《なおきくん》。そうか、『芝生《しばふ》』という漢字《かんじ》が読《よ》めないんだ。

直樹君《なおきくん》は、折《お》った枝《えだ》を鉄棒《てつぼう》に叩《たた》きつけ、さらに長《なが》さを調整《ちょうせい》する。

「完成《かんせい》！」

自慢《じまん》げに枝《えだ》を掲《かか》げるけど、公園《こうえん》の管理者《かんりしゃ》に見《み》つかったら、思《おも》いっきり怒《おこ》られるような気《き》がする。

ぼくは、大《おお》きなため息《いき》をついてから振《ふ》りかぶった。

「あっ、ちょっとストップ！」

直樹君《なおきくん》が、ぼくを止《と》める。

「悪《わる》いんだが、おれにぶつけるつもりで投《な》げてくれないか。いや、友《とも》だち思《おも》いのおまえだから、ぶつけるような球《たま》は投《な》げにくいだろうが、我慢《がまん》して投《な》げてくれよ。」

「……本当《ほんとう》に、ぶつけていいの？」

「おお、遠慮《えんりょ》しなくていいぞ。」

誰《だれ》が、遠慮《えんりょ》するか！

ぼくは、直樹君《なおきくん》の顔面《がんめん》をめがけて、ボールを投《な》げた。

不思議《ふしぎ》なくらいコントロールよく、ぼくの投《な》げたボールは直樹君《なおきくん》に向《む》かって飛《と》ぶ。

よし、命中《めいちゅう》！——と思《おも》った瞬間《しゅんかん》、直樹君《なおきくん》はスッとよけた。

チッ、惜《お》しい。

「おい、手加減《てかげん》しなくていいぞ。」

転《ころ》がったボールを投《な》げ返《かえ》して、直樹君《なおきくん》が言《い》った。

誰《だれ》が、手加減《てかげん》するか！

ぼくは、渾身《こんしん》の力《ちから》でボールを投《な》げる。

今度《こんど》こそ、あたった！　……と思《おも》ったのに、直樹君《なおきくん》はよける。

「おれがよけられないくらいのスピードで投《な》げろよ！」

直樹君《なおきくん》が言《い》う。

ぼくも、投《な》げたい！

次《つぎ》に投《な》げたボールは、手元《てもと》が狂《くる》った。

内角高《ないかくたか》めに飛《と》んでいくボール。ホームランされると思《おも》ったけど、直樹君《なおきくん》はバット――じゃない、木《き》の枝《えだ》を振《ふ》らなかった。

「どうして打《う》たないの？」

ぼくの質問《しつもん》に、

「あまりに打《う》ちやすそうなんで、振《ふ》らなかったんだよ。」

ふーん、そんなもんなのか……。

ぼくは、次《つぎ》の球《たま》を投《な》げる。直樹君《なおきくん》に向《む》かって投《な》げられたんだけど、彼《かれ》はきちんとよけた。

「だから、遠慮《えんりょ》しないでぶつけろよ！」

ぼくも、遠慮《えんりょ》しないでぶつけたい！


結局《けっきょく》その日《ひ》は、小《ちい》さい子《こ》どもたちが集団《しゅうだん》で遊《あそ》びに来《く》るまで、ボールを投《な》げ続《つづ》けた。

一球《きゅう》もぶつけることはできなかったけど、一球《きゅう》も打《う》たれることはなかった。

どんないいコースにボールを投《な》げても、直樹君《なおきくん》はバット——じゃない、木《き》の枝《えだ》を振《ふ》らなかったんだ。


帰《かえ》り道《みち》、ぼくは本屋《ほんや》さんに寄《よ》った。

向《む》かったのは、スポーツ関係《かんけい》の本《ほん》が置《お》かれたコーナー。

そこで、変化球《へんかきゅう》の投《な》げ方《かた》が載《の》ってる本《ほん》を数冊《すうさつ》買《か》う。

野球《やきゅう》が好《す》きだったけど、今《いま》まで、専門書《せんもんしょ》を買《か》ったりしなかった。本《ほん》を読《よ》むより、実際《じっさい》に野球《やきゅう》をやってるほうが楽《たの》しかったからだ。

でも、今《いま》はちがう。はっきりした目的《もくてき》がある。

変化球《へんかきゅう》を覚《おぼ》えて、直樹君《なおきくん》の顔面《がんめん》に叩《たた》きこむんだ！

勢《いきお》いこんで本《ほん》を読《よ》み始《はじ》めたぼくは、ひとつの壁《かべ》にぶちあたった。それは、「縫《ぬ》い目《め》」という言葉《ことば》。

〝縫《ぬ》い目《め》に指《ゆび》をかける〟とか〝縫《ぬ》い目《め》に沿《そ》って握《にぎ》る〟って書《か》いてある。

ぼくは、直樹君《なおきくん》から預《あず》かってるゴムボールを見《み》た。

ゴムボールに、縫《ぬ》い目《め》はなかった……。


日曜日《にちようび》——。

野球部《やきゅうぶ》の練習《れんしゅう》は休《やす》み。

なのに、ぼくは、学校《がっこう》のグラウンドにいる。

朝早《あさはや》くから、直樹君《なおきくん》が迎《むか》えに来《き》たんだ。

「ほら、早《はや》く投《な》げろよ、ヌク。」

バッターボックスで、元竹箒《もとたけぼうき》の棒《ぼう》をかまえる直樹君《なおきくん》。

ぼくは言《い》った。

「あのさ、投《な》げる前《まえ》に教《おし》えてほしいんだけど、直樹君《なおきくん》、変化球《へんかきゅう》投《な》げられるよね？」

「カーブだけならな。肘《ひじ》いためたくねぇし、おれがいたリトルのチームじゃ禁止《きんし》されてたから、あんま投《な》げねぇけど。」

「このボールでも、投《な》げられる？」

ぼくは、ゴムボールを見《み》せる。

「うーん……ちょっとは曲《ま》がるかな。」

マウンドに来《き》た直樹君《なおきくん》が、ボールを握《にぎ》る。

「中指《なかゆび》と親指《おやゆび》を縫《ぬ》い目《め》に……って、縫《ぬ》い目《め》がねぇ！」

文句《もんく》を言《い》いながら、ぼくに握《にぎ》り方《かた》を見《み》せる。

「で、普通《ふつう》に投《な》げてもいいんだけど、手首《てくび》をグッとひねって、あとは根性《こんじょう》と気合《きあい》で曲《ま》げるんだ。」

直樹君《なおきくん》が、ボールを投《な》げた。

軽《かる》く投《な》げてるのに、ぼくの全力投球《ぜんりょくとうきゅう》より遥《はる》かに速《はや》い。そして、突風《とっぷう》に吹《ふ》かれたみたいにフォンと曲《ま》がる。

おおー、すごい！

「久《ひさ》しぶりに投《な》げたけど、ちゃんと変化《へんか》したな。」

肩《かた》をグルグル回《まわ》しながら、直樹君《なおきくん》が言《い》った。

「ほら、ヌクもやってみろ。」

この男《おとこ》は、やってみろと言《い》われて、すぐにできるとでも思《おも》ってるのだろうか？

でも、さっき言《い》われたようにボールを握《にぎ》り、直樹君《なおきくん》のフォームを思《おも》い出《だ》して、投《な》げてみた。

ヒョロヒョロとボールは飛《と》び、ポトンと落《お》ちた。地球《ちきゅう》の重力《じゅうりょく》に従《したが》った、じつに素直《すなお》な動《うご》きだ。

「もう一度《いちど》。」

鬼《おに》コーチの口調《くちょう》で、直樹君《なおきくん》が言《い》う。

それから何十球《なんじっきゅう》も投《な》げたが、ボールは少《すこ》しの変化《へんか》もしなかった。

一度《ど》だけフワッと曲《ま》がったが、それは突風《とっぷう》が吹《ふ》いたときだった。

「そんなに難《むずか》しいことじゃないんだけどな。」

直樹君《なおきくん》も、何度《なんど》も手本《てほん》を見《み》せてくれた。でも、ぼくのボールは曲《ま》がらない。

ギラギラの太陽《たいよう》が山《やま》の向《む》こうに姿《すがた》を消《け》し、風《かぜ》の匂《にお》いとセミの声《こえ》が変《か》わったとき、ぼくは変化球《へんかきゅう》を投《な》げるのをあきらめた。

「そりゃ、一日《にち》で投《な》げられるようになろうってのが、まちがってる。おれだって、一週間《しゅうかん》は練習《れんしゅう》したんだからな。」

結局《けっきょく》、ぼくらは十時間《じかん》以上《いじょう》も練習《れんしゅう》していた。お昼《ひる》ご飯《はん》も食《た》べてない。

ぼくにはまだ、変化球《へんかきゅう》を投《な》げられるようになるって目標《もくひょう》があった。でも、直樹君《なおきくん》は手本《てほん》を見《み》せるくらいで、コーチ役《やく》に徹《てっ》していた。よく退屈《たいくつ》して帰《かえ》るって言《い》わなかったものだ。

このとき、ぼくは理解《りかい》できた。

直樹君《なおきくん》は、野球《やきゅう》が好《す》きだ。おそらく、ぼくよりも数倍《すうばい》好《す》きだろう。

そして初《はじ》めて、直樹君《なおきくん》が野球部《やきゅうぶ》を辞《や》めたわけを知《し》りたいと思《おも》った。

星明《ほしあ》かりの下《した》、グラウンド整備《せいび》のトンボをかけながら、ぼくはきいた。

「直樹君《なおきくん》は、なんで野球部《やきゅうぶ》を辞《や》めたの？」

トンボが地面《じめん》をかく音《おと》が、一瞬《いっしゅん》止《と》まったような気《き》がした。

でもすぐにトンボの音《おと》と一緒《いっしょ》に、直樹君《なおきくん》の声《こえ》がした。

「この間《あいだ》、一年《ねん》が言《い》ってただろ。部内《ぶない》で暴《あば》れたからだって——。」

「デッドボールに怒《おこ》ったんだっけ？」

「……まぁな。」

デッドボールに怒《おこ》って暴《あば》れて野球部《やきゅうぶ》を辞《や》める——じつに直樹君《なおきくん》らしい。らしいんだけど、うなずけない。

なんて言《い》えばいいんだろう。野球《やきゅう》やってたら、デッドボールなんてよくあることだ。それに対《たい》して怒《おこ》るところまでは納得《なっとく》できるんだけど、暴《あば》れて野球部《やきゅうぶ》を辞《や》めたりするだろうか……。

うーん、わかんない。

「……いろいろあったんだよ。」

ボソッと直樹君《なおきくん》がつぶやいた。

「自分《じぶん》で言《い》うのもなんだが、おれはうまいんだよ。ほとんどの先輩《せんぱい》たちが、おれより下手《へた》だった。野球《やきゅう》で勝《か》てないから、おれにいろいろ意地悪《いじわる》するんだ。『一年《ねん》のくせに生意気《なまいき》だ。』とか言《い》ってさ――。野球《やきゅう》は実力世界《じつりょくせかい》だぜ。生意気《なまいき》でもいいじゃねぇか。おれのほうがうまいんだから。」

「……それっておかしいよ。」

「だろ。――だから、おれも怒《おこ》って暴《あば》れて、部《ぶ》を辞《や》めたんだ。」

「いや、おかしいのは、そこじゃないって。」

ぼくは、トンボを動《うご》かす手《て》を止《と》めて言《い》う。

「この間《あいだ》、ぼくが『一年生《ねんせい》のほうがうまいから、仕方《しかた》ない。』って言《い》ったら、直樹君《なおきくん》は『おまえは、それでいいのか？』って怒《おこ》ったよ。覚《おぼ》えてる？」

「ああ。」

「ぼくも、野球《やきゅう》は実力世界《じつりょくせかい》だと思《おも》ってる。これは、さっきの直樹君《なおきくん》の意見《いけん》と同《おな》じだ。」

「…………」

「なのに、なんでこの間《あいだ》は、一年《ねん》が生意気《なまいき》だって怒《おこ》ったの？　――おかしいじゃないか。」

直樹君《なおきくん》のトンボの音《おと》が止《と》まった。

静《しず》かなグラウンドに、オケラのジージー鳴《な》く声《こえ》だけが聞《き》こえる。

「……いろいろあるんだよ。」

全然説得力《ぜんぜんせっとくりょく》のない直樹君《なおきくん》の言葉《ことば》。

いつの間《ま》にか、山《やま》の向《む》こうから青白《あおじろ》い月《つき》が顔《かお》を出《だ》してる。

ぼくら二人《ふたり》の影《かげ》が、グラウンドに長《なが》く伸《の》びる。


月曜日《げつようび》になり、また練習《れんしゅう》が始《はじ》まった。

駄菓子屋前《だがしやまえ》に行《い》こうとしたぼくは、キャプテンに呼《よ》び止《と》められた。

「ヌク。おまえ昨日《きのう》、直樹《なおき》とグラウンドを使《つか》ったのか？」

「はっ、はい。」

普段《ふだん》、キャプテンに話《はな》しかけられることなどないぼくは、緊張《きんちょう》して答《こた》える。

「そうか……。」

難《むずか》しそうなキャプテンの顔《かお》。

ぼくは、あわてて言《い》った。

「でも、野球部《やきゅうぶ》の備品《びひん》は使《つか》ってません。それに、グラウンドも、ちゃんとトンボをかけて整備《せいび》しました。」

「ああ、おまえが使《つか》うぶんには、問題《もんだい》ないんだ。」

キャプテンが言《い》う。

「ただ、直樹《なおき》は、問題《もんだい》を起《お》こして野球部《やきゅうぶ》を辞《や》めた男《おとこ》だ。そんな奴《やつ》にグラウンドを使《つか》わせるわけにはいかない。示《しめ》しがつかないからな。」

……そんなものですか。

野球《やきゅう》が好《す》きなんだったら、グラウンドを使《つか》ってもいいんじゃないんですか？

そう思《おも》ったけど、ぼくはなにも言《い》えない。

「直樹《なおき》に言《い》っといてくれ。グラウンドを使《つか》いたかったら、野球部《やきゅうぶ》に戻《もど》れと——。いつまでも駄菓子屋《だがしや》でグタグタしてても、仕方《しかた》ないだろって。」

キャプテンの手《て》が、ぼくの肩《かた》にかかる。

……妙《みょう》に重《おも》い。


「——以上《いじょう》、キャプテンからの伝言《でんごん》。」

駄菓子屋《だがしや》の中《なか》でアイスキャンディをくわえてる直樹君《なおきくん》に、ぼくは言《い》った。

そっぽを向《む》いてアイスをなめてる直樹君《なおきくん》。ぼくの話《はなし》を聞《き》いてるのか聞《き》いてないのか……。

「あのさ、戻《もど》りたかったら戻《もど》りゃいいじゃん。」

直樹君《なおきくん》の目《め》が動《うご》き、ぼくを見《み》る。

「下手《へた》くそなぼくを誘《さそ》って野球《やきゅう》するより、野球部《やきゅうぶ》で練習《れんしゅう》するほうが、絶対楽《ぜったいたの》しいって。」

「…………。」

「ぼくには直樹君《なおきくん》の考《かんが》えてることがわからないな。もう一年《ねん》じゃないんだし、少《すこ》しくらい生意気《なまいき》な口《くち》きいても大丈夫《だいじょうぶ》だよ。それに、キャプテンの口調《くちょう》も、戻《もど》ってきてほしいって感《かん》じだったよ。」

「…………。」

「もしぼくが野球部《やきゅうぶ》を辞《や》めても、キャプテンは戻《もど》ってこいって言《い》ってくれないだろうね。」

「それがどうした。」

フッと笑《わら》う直樹君《なおきくん》。

「いいか、ヌク。おれは、おまえより野球《やきゅう》がうまい。それは、おまえがどれだけ理屈《りくつ》をこねてごまかしても、その事実《じじつ》は変《か》わらない。つけくわえるなら、おまえが練習《れんしゅう》しても、おれよりはうまくならないだろう。そして、おれがおまえよりうまいってことは、おれの責《せき》任《にん》じゃない。おれが野球《やきゅう》をしようがどうしようが、ヌクには関係《かんけい》ない。」

「…………」

ぼくは、直樹君《なおきくん》の言葉《ことば》を考《かんが》える。

うん、たしかに彼《かれ》の言《い》うとおりだ。ぼくが口出《くちだ》しするようなことじゃない。

なのに……なのに、どうしてこんなに腹《はら》が立《た》つんだろう。

そんなぼくの気持《きも》ちに気《き》づいてない直樹君《なおきくん》が、傍《かたわ》らに置《お》いたデイパックからボールを出《だ》した。

ゴムボールでも軟球《なんきゅう》でもない。硬球《こうきゅう》だ。

「今度《こんど》から、このボールにしようか。縫《ぬ》い目《め》があるから、変化球《へんかきゅう》の練習《れんしゅう》しやすいぜ。」

直樹君《なおきくん》が、ぼくに向《む》かってボールをトスする。

ずしりと重《おも》い硬球《こうきゅう》。まるで、石《いし》みたいだ。

「家《いえ》で使《つか》ってる練習用《れんしゅうよう》のボールだ。高校野球《こうこうやきゅう》で使《つか》ってるのと同《おな》じだぜ。」

ぼくはボールを見《み》た。白《しろ》い革《かわ》が、ところどころ黒《くろ》ずんでいる。

「あー、早《はや》く高校《こうこう》へ行《い》きたいよな。高校《こうこう》行《い》ったら、硬球《こうきゅう》だぜ。軟球《なんきゅう》みたいなオモチャとちがってよ。」

「ボールの種類《しゅるい》は、関係《かんけい》ない。ゴムボールでも軟球《なんきゅう》でも、野球《やきゅう》は楽《たの》しい。」

ぼくは、硬球《こうきゅう》を彼《かれ》の足下《あしもと》に転《ころ》がす。

「ぼくには、ボールの種類《しゅるい》より、誰《だれ》と野球《やきゅう》をやるかが大事《だいじ》なんだ。」

直樹君《なおきくん》が、ぼくをにらむ。

ぼくは、目《め》をそらさない。負《ま》けるもんか。ぼくは、断言《だんげん》する。

「きみとは、野球《やきゅう》したくない。」

「…………」

しばらくの間《あいだ》、ぼくらはにらみあった。

先《さき》に目《め》をそらしたのは、直樹君《なおきくん》だ。

足下《あしもと》に転《ころ》がった硬球《こうきゅう》をデイパックに入《い》れると、

「ああ、そうかよ！」

吐《は》き捨《す》てるように言《い》って、駄《だ》菓《が》子《し》屋《や》を出《で》ていった。


「バッチ、こー……。」

守《しゅ》備《び》位《い》置《ち》に戻《もど》ったぼくは、声《こえ》を出《だ》す。

心《こころ》の中《なか》が、ずっとモヤモヤしてる。直《なお》樹《き》君《くん》に対《たい》して、ちょっと言《い》いすぎたような気《き》がしてるんだ。

いや、あの男《おとこ》には、あれぐらい言《い》ってもいいだろう。……っていうか、言《い》うべきなんだ。今《いま》まで黙《だま》っていたから、あんなふうな暴《あば》れ者《もの》になったんだ。

たしかに野《や》球《きゅう》がうまいのは、直《なお》樹《き》君《くん》の責《せき》任《にん》じゃない。まわりから期《き》待《たい》され、それを疎《うと》ましく思《おも》うのも、仕《し》方《かた》ないと思《おも》う。

でもな……。

そんなことを考《かん》えてたせいか、今《きょ》日《う》はエラーばかりだ。……幸《さい》い、駄《だ》菓《が》子《し》屋《や》に被《ひ》害《がい》を出《だ》すようなエラーはしてないけどね。

だから、

「がんばってるね、春日君《かすがくん》。」

小川蛍《おがわほたる》が近《ちか》づいてるのにも、気《き》づかなかった。このぼくとしたことが――。

「あれ、バカ直《なお》がいない？」

駄菓子屋《だがしや》のほうを見《み》て、小川蛍《おがわほたる》が言《い》った。

「……バッチ、こー……。」

ぼくは考《かんが》える。

直樹君《なおきくん》が駄菓子屋《だがしや》を出《で》ていったこと、彼女《かのじょ》に言《い》ったほうがいいんだろうか？

迷《まよ》ってると、彼女《かのじょ》は駄菓子屋《だがしや》に入《はい》っていった。出《で》てきたとき、手《て》にアイスキャンディを二つ持《も》ってる。

「はい、さし入《い》れ。」

笑顔《えがお》とともにさし出《だ》されるアイスキャンディ。

小川蛍《おがわほたる》の笑顔《えがお》、もしくはアイスキャンディだけだったら、誘惑《ゆうわく》に勝《か》てただろう。でも、彼女《かのじょ》の笑顔《えがお》にアイスキャンディがついてるんだ。いくらぼくが野球好《やきゅうず》きでも、この誘惑《ゆうわく》には勝《か》てっこない！

駄菓子屋《だがしや》のベンチに、彼女《かのじょ》と並《なら》んで座《すわ》る。

まるで、夢《ゆめ》みたいだ。……っていうか、現実《げんじつ》のぼくは、熱中症《ねっちゅうしょう》で倒《たお》れて夢《ゆめ》を見《み》てるんじゃないだろうか。

「どうしたの？　早《はや》く食《た》べないと、アイスとけるよ。」

彼女《かのじょ》の言葉《ことば》とアイスの冷《つめ》たさが、これは現実《げんじつ》だと教《おし》えてくれる。

しばらく無言《むごん》でアイスを食《た》べる。

チラッと横《よこ》を見《み》ると、彼女《かのじょ》がいる。この幸福感《こうふくかん》。

さっきまでのモヤモヤした気持《きも》ちは、遠《とお》く遥《はる》か銀河《ぎんが》の向《む》こうへ飛《と》んでいった。

ただ、アイスが半分《はんぶん》くらいになったころ、ずっと黙《だま》ったままで会話《かいわ》がないことが気《き》になってきた。

なにか会話《かいわ》のきっかけを見《み》つけないと……。ここは音楽《おんがく》に関《かん》することがいいだろうな。

しかし、ぼくにはまったく音楽《おんがく》の知識《ちしき》がない。

「えーっと……。」

〝ブラームスはお好《す》き？〞ときこうとしたぼくに、彼女《かのじょ》が言《い》う。

「春日君《かすがくん》なんでしょ。最近《さいきん》、直《なお》と野球《やきゅう》してくれてるの。」

「えっ？　ああ……うん。まぁね。」

「最近《さいきん》、直《なお》が明《あか》るいのよね。家《いえ》から、あいつの歌《うた》が聞《き》こえるのよ。小学生《しょうがくせい》のころはよく歌《うた》ってたんだけどね。最近《さいきん》は、ずっと静《しず》かだったんだ。あんな下手《へた》な歌《うた》でも聞《き》けなくなると、なんだか寂《さび》しかったの。」

「へぇ、そうなんだ。」

ぼくはニコニコしながら話《はなし》を聞《き》く。

ニコニコしながら考《かんが》える。この話《はなし》、ニコニコしながら聞《き》くような話《はなし》じゃないな……。

「直《なお》のお母《かあ》さんにきいたら、最近野球《さいきんやきゅう》をしてるって。あの乱暴者《らんぼうもの》が、誰《だれ》と野球《やきゅう》してるのかなって不思議《ふしぎ》だったんだけど、直《なお》にきいたら春日君《かすがくん》だって言《い》うじゃない。」

「………」

ぼくは、敬称《けいしょう》というものについて考《かんが》える。名前《なまえ》のあとには〝君《くん》〞や〝さん〞をつけるのが礼儀《れいぎ》だ。

ぼくは、小川蛍《おがわほたる》から〝君《くん》〟づけで呼《よ》ばれている。ということは、彼女《かのじょ》はぼくに対《たい》して礼《れい》儀正《ぎただ》しくふるまってるということになる。半面《はんめん》、直樹君《なおきくん》は呼《よ》び捨《す》てのうえに名前《なまえ》の半分《はんぶん》しか言《い》ってもらえない。ときどき、〝バカ〟という蔑称《べっしょう》までつく。つまり、直樹君《なおきくん》は彼女《かのじょ》から無礼《ぶれい》にふるまわれているということだ。

なのに、なぜだろう。

直樹君《なおきくん》がうらやましい……。

そんなことを考《かんが》えてたら、彼女《かのじょ》が言《い》った。

「直《なお》のお母《かあ》さんも、お礼《れい》を言《い》いたいって――。」

お母《かあ》さん〝も〟……？　ということは、小川蛍《おがわほたる》も、お礼《れい》を言《い》いたいってことだろう。

ぼくは、もうほとんどなくなったアイスの棒《ぼう》を見《み》る。

このアイスキャンディは、お礼《れい》ということだろう。

ふむ……。

どうやら、認《みと》めたくない現実《げんじつ》を、認《みと》めなければならない時期《じき》が来《き》たのかもしれない。

「えーっと……。小川《おがわ》さん。」

「蛍《ほたる》でいいよ。パルックって呼《よ》ばれるのは、いやだけど。」

彼女《かのじょ》は、そう言《い》ってくれた。でも、ぼくが彼女《かのじょ》のことを『蛍《ほたる》』と呼《よ》び捨《す》てにするときは来《く》るのだろうか？

ぼくは、単刀直入《たんとうちょくにゅう》にきく。

「直樹君《なおきくん》のこと、好《す》き？」

すると、彼女《かのじょ》の頬《ほお》が、ぽっと明《あか》るくなった。まるで、本物《ほんもの》の蛍《ほたる》のように……。

「やだなぁ、春日君《かすがくん》！　なんで、あんなバカ直《なお》のこと！」

彼女《かのじょ》はそう言《い》って、否定《ひてい》した。

でも、ぼくにはわかった。彼女《かのじょ》は、直樹君《なおきくん》のことを好《す》きなんだってこと。

そして、ぼくが彼女《かのじょ》のことを呼《よ》び捨《す》てにするときは、永遠《えいえん》に来《こ》ないだろうってことも……。


それからのことは、あまり覚《おぼ》えてない。

ただ、ちゃんと練習《れんしゅう》を終《お》えて着替《きが》えもし、自転車《じてんしゃ》もこいでるところを見《み》ると、気持《きも》ちはどっかへ行《い》っちゃってたとしても、体《からだ》のほうはうまく動《うご》いていたのだろう。

いつの間《ま》にか、ぼくは公園《こうえん》に来《き》ていた。

やっぱりというか、不思議《ふしぎ》なことにというか、直樹君《なおきくん》がいた。

ビシュッ、ビシュッと木《き》の枝《えだ》を振《ふ》ってる直樹君《なおきくん》。

「遅《おそ》かったな、ヌク。」

午前中《ごぜんちゅう》のやりとりなど、まったく忘《わす》れてるような直樹君《なおきくん》の口調《くちょう》。

「ほら——。」

直樹君《なおきくん》が、ぼくに向《む》かってボールを投《な》げる。硬球《こうきゅう》じゃない。いつものゴムボールだ。

「…………」

ぼくは、手《て》の中《なか》のゴムボールを握《にぎ》りしめた。

「いつでもいいぜ。」

棒《ぼう》をかまえる直樹君《なおきくん》。ぼくは、彼《かれ》の顔面《がんめん》をめがけて、思《おも》いっきりボールを投《な》げた。

パカン！

直樹君《なおきくん》の顔面《がんめん》にあたったボールが、地面《じめん》で弾《はず》む。

よし、命中《めいちゅう》！

これで直樹君《なおきくん》が怒《おこ》って殴《なぐ》りかかってきたら、望《のぞ》むところだ。

でも、ぼくの思惑《おもわく》ははずれた。てっきり、顔《かお》を真《ま》っ赤《か》にして怒《おこ》ると思《おも》ってたのに、直樹《なおき》君《くん》は微笑《ほほえ》んだんだ。

そして、信《しん》じられないようなことを言《い》った。

「ありがとうな、ヌク。やっと、ぶつけてくれたな。」

うれしそうに木《き》の枝《えだ》をかまえる直樹君《なおきくん》。

なにがうれしいんだよ！

ぼくは、自分《じぶん》の中《なか》にある、イライラとか怒《いか》りとか、なんだかはっきりしないものをボールにこめる。

そして投《な》げた。

ボールは、狙《ねら》いがはずれて、ストライクゾーンのど真《ま》ん中《なか》に。

ピン！

巻《ま》きすぎたゼンマイが、弾《はじ》けるような音《おと》がした。

直樹君《なおきくん》が木《き》の枝《えだ》を振《ふ》ったんだ。

ぼくは、背後《はいご》を見《み》る。公園《こうえん》の遊具《ゆうぐ》や垣根《かきね》を越《こ》えたボールが、どんどんどんどん小《ちい》さくなっていく。どれだけ追《お》いかけても届《とど》きっこないと思《おも》わせる打球《だきゅう》。もしこれが軟球《なんきゅう》で、学校《がっこう》のグラウンドだったら、外野《がいや》フェンスの遥《はる》か上《うえ》を越《こ》える大《だい》ホームランだったろう。

「…………」

ボールの行方《ゆくえ》を見送《みおく》ったぼくは、直樹君《なおきくん》のところに行《い》くと言《い》った。

「殴《なぐ》ってもいい？」

キョトンとした顔《かお》の直樹君《なおきくん》。首《くび》をひねって言《い》う。

「なんで、殴《なぐ》りてぇんだよ？」

「…………」

説明《せつめい》できるなら、ちゃんと説明《せつめい》してる。わけはうまく言《い》えないが、ぼくの気持《きも》ちははっきりしてる。

ぼくは、直樹君《なおきくん》を殴《なぐ》りたい。

黙《だま》ってるぼくに、

「納得《なっとく》できたら、何発《なんぱつ》でも殴《なぐ》られてやるよ。だけどな、わけもわからず殴《なぐ》られるのは、お断《ことわ》りだ。」

直樹君《なおきくん》が真剣《しんけん》な顔《かお》で、ぼくを見《み》ている。

「言《い》えよ、ヌク。なんか、おれが気《き》に障《さわ》るようなことしたのか？　だったら、謝《あやま》るけど……。」

気《き》に障《さわ》ることなら、今《いま》までいっぱいされてる。でも、そんなことは関係《かんけい》ない。

ぼくは直樹君《なおきくん》をにらみつける。

「謝《あやま》らなくていい。――でも、殴《なぐ》らせろ。」

「理由《りゆう》を言《い》えよ！」

「言《い》いたくない！」

「…………。」

「…………。」

ぼくがなにも言《い》わないので、直樹君《なおきくん》も黙《だま》ってしまった。

しばらくしてから、ため息《いき》をつく直樹君《なおきくん》。

「わかったよ。なんだかんだ言《い》っても、ヌクには、いっぱいつきあってもらったからな。おとなしく殴《なぐ》られてや——。」

ぼくは、最後《さいご》まで聞《き》いてなかった。拳《こぶし》を握《にぎ》って、直樹君《なおきくん》のお腹《なか》を殴《なぐ》る。

すると、次《つぎ》の瞬間《しゅんかん》——。

「痛《い》ってぇーな！」

直樹君《なおきくん》の大《おお》きな手《て》のひらが、ぼくの頬《ほお》に飛《と》んできた。

ぼくは、吹《ふ》っ飛《と》ぶ。

「おとなしく殴《なぐ》らせてくれるんじゃなかったの？」

文句《もんく》を言《い》うぼくに、

「殴《なぐ》らせてやるが、殴《なぐ》り返《かえ》さないとは言《い》ってない！」

直樹君《なおきくん》が、胸《むね》をはる。

「なんだよ、それ！」

そこからは、もうなにがなんだかわからなかった。

ぼくは、無我夢中《むがむちゅう》で、握《にぎ》りしめた拳《こぶし》を振《ふ》り回《まわ》す。

直樹君《なおきくん》は、ぼくの拳《こぶし》をかわしながら、腕《うで》を振《ふ》る。その腕《うで》があたるたび、ぼくは吹《ふ》っ飛《と》ぶ。

勝負《しょうぶ》にならないといえば、まったく勝負《しょうぶ》にならない。

でも、いいんだ。少《すく》なくとも、三発《ぱつ》は殴《なぐ》ることができた。その十倍《ばい》ぐらいはやられたような気《き》がするけど、いいんだ……。


次《つぎ》の日《ひ》の朝《あさ》、グローブやユニフォームの入《はい》ったカバンが、とても重《おも》かった。なにより、腫《は》れ上《あ》がった顔《かお》が重《おも》い……。

家《いえ》の人《ひと》には、ノックのボールが顔《かお》にあたったと言《い》って、ごまかした。それでもギャアギャア騒《さわ》ぐ母《かあ》さんをなだめてくれたのは、父《とう》さんだった。

父《とう》さんは黙《だま》っていたけど、本当《ほんとう》はなにがあったか想像《そうぞう》できたみたいだ。

「行《い》ってきます。」

重《おも》いカバンを前《まえ》カゴに突《つ》っこみ、自転車《じてんしゃ》をこぐ。

自転車《じてんしゃ》も、重《おも》い。ギアを何度《なんど》ガチャガチャやっても、重《おも》いのは変《か》わらない。

今日《きょう》も暑《あつ》い。空気《くうき》がまとわりついてくる。セミは、元気《げんき》に鳴《な》いている。

お稲荷《いなり》さんの前《まえ》を通《とお》りすぎようとしたとき、ぼくは呼《よ》び止《と》められた。

「おい、ヌク。乗《の》せてけよ。」

直樹君《なおきくん》が、赤《あか》い鳥居《とりい》にもたれてる。

「………」

ぼくは、黙《だま》って自転車《じてんしゃ》を止《と》めた。

直樹君《なおきくん》も、黙《だま》って荷台《にだい》に乗《の》る。

「じゃあ、行《い》くよ。」

声《こえ》をかけたけど、直樹君《なおきくん》は黙《だま》ったままだ。

ぼくは、ペダルをこぐ。

ぐがががぁ〜。……重《おも》い。それはもう、野球道具《やきゅうどうぐ》の入《はい》ったカバンなんか比《くら》べものにならないくらい、重《おも》い。まるで、石《いし》の地蔵《じぞう》を乗《の》っけてるみたいだ。

ハンドルが安定《あんてい》しない。力《ちから》を入《い》れて押《お》さえこもうにも、ガクガクブルブルとハンドルが揺《ゆ》れる。

「……おい、大丈夫《だいじょうぶ》か？」

直樹君《なおきくん》の不安《ふあん》そうな声《こえ》が聞《き》こえた。

大丈夫《だいじょうぶ》と答《こた》えようとしたのだが、その前《まえ》に、自転車《じてんしゃ》は電柱《でんちゅう》に激突《げきとつ》した。


スイスイと、自転車《じてんしゃ》が進《すす》む。

頬《ほお》をなでていく風《かぜ》が、心地《ここち》よい。見上《みあ》げると、夏《なつ》の空《そら》が青《あお》い。

「まったく……。なんで、そんなにも力《ちから》がないんだよ。」

自転車《じてんしゃ》をこぎながら、直樹君《なおきくん》が文句《もんく》を言《い》う。

ぼくは、なにも言《い》わない。荷台《にだい》に座《すわ》って、通《とお》りすぎる風《かぜ》を楽《たの》しんでいる。

「ヌク。ひどい顔《かお》になったな。」

うん、直樹君《なおきくん》に叩《たた》かれたおかげだ。

「おれのほうは、おまえが手加減《てかげん》してくれたおかげで、ダメージないけどな。」

言葉《ことば》どおり、直樹君《なおきくん》はいつもどおりの顔《かお》だ。ぼくは手加減《てかげん》したつもりはないんだけどな……。

やがて自転車《じてんしゃ》は四《よ》つ角《かど》に出《で》た。

右《みぎ》に行《い》くと、学校《がっこう》だ。でも、自転車《じてんしゃ》はためらわず左《ひだり》に行《い》く。

「ちょ、ちょっと、直樹君《なおきくん》！　右《みぎ》だよ、右《みぎ》！」

「おれは、こっちに行《い》くんだ。」

「こっちって……どこへ行《い》くのさ！」

「………」

返事《へんじ》がない。

「練習《れんしゅう》に遅《おく》れるよ。」

「その顔《かお》で行《い》くのはやめとけ。みんな、心配《しんぱい》するぞ。それに、練習《れんしゅう》サボるのも今日《きょう》だけだ。手加減《てかげん》してやったからな、明日《あした》には腫《は》れもひいてるさ。」

あれで、手加減《てかげん》してたのか……。

自転車《じてんしゃ》は、スイスイ進《すす》んでいく。荷台《にだい》に、ぼくを乗《の》せたまま。

河川敷堤防道《かせんしきていぼうみち》。さっきから、変化《へんか》のない風景《ふうけい》。

左側《ひだりがわ》には草《くさ》だらけの土手《どて》が続《つづ》く。土手《どて》の下《した》には、スポーツグラウンドやゲートボール広《ひろ》場《ば》などが並《なら》ぶ。そして、その向《む》こうには、夏《なつ》の光《ひかり》を反射《はんしゃ》する川《かわ》が見《み》える。

時計《とけい》を持《も》ってないけど、すでに野球部《やきゅうぶ》の練習《れんしゅう》が始《はじ》まってることは、腐《くさ》った牛乳《ぎゅうにゅう》を飲《の》めばトイレに駆《か》けこまなければならないくらい明《あき》らかなこと。

直樹君《なおきくん》の言《い》うとおり、この顔《かお》で練習《れんしゅう》に出《で》ないほうがいいのはわかるけど、やっぱり気《き》になる。

だいたい、ぼくらはどこへ行《い》こうとしてるんだ？

ぼくは、直樹君《なおきくん》にきいた。

「で、どこ行《い》くの？」

「うーん、そうだな……。」

その答《こた》え方《かた》を聞《き》いてわかった。この男《おとこ》は、行《い》き先《さき》を決《き》めてないのだ。

「よし、このへんでいいかな。」

その言葉《ことば》と同時《どうじ》に、ハンドルが左側《ひだりがわ》に向《む》かって切《き》られる。

「ひゃっほー！」

急斜面《きゅうしゃめん》の土手《どて》を駆《か》け下《お》りる自転車《じてんしゃ》。夏草《なつくさ》がタイヤにからみついても、スピードは少《すこ》しも落《お》ちない。

「わやややややや！」

ぼくの悲鳴《ひめい》に関係《かんけい》なく、自転車《じてんしゃ》は土手《どて》を転《ころ》げるように走《はし》り下《お》りる。

「大《だい》ジャーンプ！」

直樹君《なおきくん》の叫《さけ》び声《ごえ》。

自転車《じてんしゃ》は大《おお》きくバウンドすると、ぼくと野球道具《やきゅうどうぐ》の入《はい》ったカバンを放《ほう》り出《だ》した。

「いやぁ、気持《きも》ちいいな。」

川《かわ》に向《む》かって大《おお》きく伸《の》びをする直樹君《なおきくん》。

向《む》こう岸《ぎし》では、おじさんと小学生《しょうがくせい》が魚《さかな》を釣《つ》っている。その傍《かたわ》らには、昼寝《ひるね》する犬《いぬ》。

石《いし》に腰《こし》かけたぼくは、カバンから出《だ》した傷《きず》テープを腕《うで》や足《あし》にペタペタと貼《は》る。

「つまり、直樹君《なおきくん》は川《かわ》に来《き》たかったんだ。」

「うーん、そういうわけじゃねぇけどな――。」

直樹君《なおきくん》が、振《ふ》り返《かえ》ってぼくを見《み》る。

「どこでもよかったんだ。さっきも言《い》ったけど、その顔《かお》で練習《れんしゅう》に行《い》ったら騒《さわ》ぎになる。それに、夏休《なつやす》みに入《はい》っても練習漬《れんしゅうづ》けのおまえに、ちょっとばかり休憩《きゅうけい》をさせてやりたかったしな。」

「それだけじゃないだろ。」

彼《かれ》が、なにか言《い》いたいことがあるのは、会《あ》ったときからわかってる。

「…………」

直樹君《なおきくん》は答《こた》えない。

川《かわ》を見《み》たまま、ボーッと突《つ》っ立《た》ってる。

まぁ、言《い》いたくなけりゃ、それでいい。

川面《かわも》で魚《さかな》が二回跳《かいは》ね、飛行機雲《ひこうきぐも》が三本空《ぼんそら》に描《えが》かれ、腕《うで》に浮《う》かんだ汗《あせ》の粒《つぶ》が四つひっついたとき、直樹君《なおきくん》が口《くち》を開《ひら》いた。

「おれ、野球部《やきゅうぶ》に戻《もど》るわ。」

少《すこ》し照《て》れたような口調《くちょう》。

「そうだね……。もうボールも怖《こわ》くないんだろ？」

すると、直樹君《なおきくん》がびっくりしたような顔《かお》で、ぼくを見《み》た。

「知《し》ってたのか？」

ぼくは、黙《だま》ってうなずく。

直樹君《なおきくん》が野球部《やきゅうぶ》を辞《や》めたのは、デッドボールが直接《ちょくせつ》の理由《りゆう》じゃない。ボールをぶつけられて以来《いらい》、向《む》かってくるボールが怖《こわ》くなったからだ。

どれだけ才能《さいのう》や技術《ぎじゅつ》があっても、ボールを怖《こわ》がっていては野球《やきゅう》はできない。簡単《かんたん》に打《う》てたりとれたりするボールでも、体《からだ》が逃《に》げてしまう。

その、はがゆい気持《きも》ち。そして、まわりの部員《ぶいん》に、ボールを怖《こわ》がってることをかくしたい気持《きも》ち。いろんなモヤモヤした気持《きも》ちでいっぱいになって、直樹君《なおきくん》は暴《あば》れたんだ……。

「ぼくを誘《さそ》ったのは、ぼくがボールを怖《こわ》がってないからだろ。」

「ああ。それに、おまえの投《な》げる球《たま》なら、あたっても痛《いた》くないだろうと思《おも》ってな。」

失礼《しつれい》な言《い》われ方《かた》だ。

でも最初《さいしょ》のころは、ぼくの投《な》げる遅《おそ》いボールでさえ、直樹君《なおきくん》はよけていた。恐怖心《きょうふしん》で、体《からだ》が反射的《はんしゃてき》によけてしまうのだろう。

そして昨日《きのう》、ようやく、ぼくの投《な》げたボールをよけずにあてることができるようになった。

直樹君《なおきくん》が大《だい》ホームランを打《う》ったのは、そのあとだった。

それまで、どれだけいいコースにボールが来《き》てもバット――というか〝棒《ぼう》〟や〝枝《えだ》〟を振《ふ》ることがなかった直樹君《なおきくん》が、振《ふ》った。

このとき、ぼくにはわかったんだ。直樹君《なおきくん》は、ボール恐怖症《きょうふしょう》を克服《こくふく》するために、ぼくと野球《やきゅう》をしてたことに――。

それがわかっても、利用《りよう》されてイヤだったという気持《きも》ちは、少《すこ》しもない。楽《たの》しかったというのが正確《せいかく》だ。

野球部《やきゅうぶ》の練習《れんしゅう》もおもしろいけど、直樹君《なおきくん》とやった木《き》の枝《えだ》とゴムボールの野球《やきゅう》も楽《たの》しかった。だから、ぼくに不満《ふまん》はない。

直樹君《なおきくん》が、足下《あしもと》の小石《こいし》を放《ほう》ってきた。
なんだ？
直樹君《なおきくん》は、自分《じぶん》も一個持《こも》つと、川《かわ》に向《む》かって投《な》げる。きれいなアンダースローだ。
投《な》げられた石《いし》は、ピシュピシュと水《みず》の上《うえ》を跳《は》ねる。一回《かい》、二回《かい》、三回《かい》──。
十回《かい》までは数《かぞ》えられたけど、それ以上《いじょう》は細《こま》かい波紋《はもん》が続《つづ》いてわからなくなった。
「やってみろよ。」
よし！
ぼくは立《た》ち上《あ》がると、さっきの直樹君《なおきくん》のフォームを真似《まね》て、投《な》げた。
ぼしゃ！
石《いし》は、突《つ》き刺《さ》さるように川《かわ》に沈《しず》んだ。一度《いちど》も、跳《は》ねない。
「ふふん。」
鼻《はな》で笑《わら》って、また直樹君《なおきくん》が石《いし》を投《な》げる。
ピシュピシュシュ！
みごとに水面《すいめん》を跳《は》ねていく石《いし》。

どうして、ぼくの石《いし》は跳《は》ねないんだ？

「おれさ、野球部《やきゅうぶ》に戻《もど》るけど――。」

直樹君《なおきくん》が言《い》う。

「また、ときどき野球《やきゅう》やろうな。」

ぼくは、答《こた》えない。そんなことにいちいち答《こた》えるより、今《いま》は石《いし》を三回以上《かいいじょう》跳《は》ねさせることのほうが重要《じゅうよう》だ。

そして、

「こらー、いつまでやってんだ！　魚《さかな》が逃《に》げるだろ！」

対岸《たいがん》のおじさんに怒《おこ》られるまで、ぼくらは石《いし》を投《な》げ続《つづ》けた。

次《つぎ》の日《ひ》、駄菓子屋《だがしや》に直樹君《なおきくん》はあらわれなかった。

ぼくは、彼《かれ》のことが気《き》になって、六つのファールボールのうち、四つを後《うし》ろにそらしてしまった。これは、決《けっ》してぼくの技術《ぎじゅつ》が未熟《みじゅく》というわけではない。あくまでも直樹君《なおきくん》のことが気《き》になっていたのだ。

彼《かれ》があらわれたのは、練習《れんしゅう》が終《お》わって、みんなが部室《ぶしつ》で着替《きか》えてるときだった。

乱暴《らんぼう》にドアを開《あ》け、着替《きが》えの手《て》が止《と》まった部員《ぶいん》を押《お》しのけ、キャプテンの前《まえ》に行《い》く。

「なんの用《よう》だ？」

そうきくキャプテンに、直樹君《なおきくん》は『入部願《にゅうぶねがい》』と書《か》かれた封筒《ふうとう》を出《だ》す。

「おれを、野球部《やきゅうぶ》に戻《もど》してください。お願《ねが》いします。」

そして、頭《あたま》を下《さ》げた。

キャプテンは、封筒《ふうとう》と直樹君《なおきくん》を交互《こうご》に見《み》てから、口《くち》を開《ひら》いた。

「野球《やきゅう》には、チームプレイが必要《ひつよう》だ。いくら、おまえがうまくても、部内《ぶない》で暴《あば》れるような人間《にんげん》を戻《もど》すわけにはいかない。」

「もう、絶対《ぜったい》に暴《あば》れません。」

頭《あたま》を下《さ》げたまま、直樹君《なおきくん》が言《い》う。

「…………」

腕《うで》を組《く》んで考《かんが》えていたキャプテンは、ぼくを呼《よ》んだ。よく考《かんが》えたら、キャプテンに呼《よ》ばれるのは、直樹君《なおきくん》がらみのときだけだな。

「ヌクは、直樹《なおき》と一緒《いっしょ》に練習《れんしゅう》してたんだろ。おまえから見《み》て、暴《あば》れないという言葉《ことば》は信用《しんよう》できるか？」

キャプテンにきかれた。ぼくは、嘘《うそ》をつかないことを大切《たいせつ》にしている。ここは、正直《しょうじき》に、直樹君《なおきくん》の暴《あば》れん坊《ぼう》の性格《せいかく》は少《すこ》しも変《か》わってないことを言《い》うべきだろう。

そんなことを考《かんが》えてると、直樹君《なおきくん》が、ぼくにだけ聞《き》こえる小《ちい》さな声《こえ》で言《い》った。

「ヌク、足下《あしもと》に百円《えん》落《お》ちてるぞ。」

え、どこ？

ぼくは、足下《あしもと》を見《み》る。

「――そうか……。ヌクまで頭《あたま》を下《さ》げるのなら、信用《しんよう》してもいいかな。」

頭《あたま》の上《うえ》で、キャプテンの声《こえ》がした。

え？　ええ？

ちょっと待《ま》ってください、キャプテン！　ぼくは、頭《あたま》を下《さ》げてません。足下《あしもと》を見《み》ただけです。

そう言《い》おうとしたのだが、

「ありがとう、ヌク！　おまえの信頼《しんらい》にこたえられるよう、おれはがんばるからな！」

直樹君《なおきくん》が、ぼくの肩《かた》を抱《だ》きしめる——というか、声《こえ》が出《で》ないように、さりげなく首《くび》をしめる。


そんな直樹君《なおきくん》は、なかなか部員《ぶいん》から受《う》け入《い》れられなかった。当然《とうぜん》といえば、当然《とうぜん》だ。

でも、ぼくと一緒《いっしょ》に駄菓子屋前《だがしやまえ》で守備《しゅび》についたり、文句《もんく》を言《い》わずに用具《ようぐ》を片《かた》づけたりする直樹君《なおきくん》を見《み》て、みんなは彼《かれ》の変化《へんか》を知《し》った。ぼくも、おどろいた。

そして先日《せんじつ》、直樹君《なおきくん》は、駄菓子屋前《だがしやまえ》からグラウンドへ戻《もど》った。

ポジション争《あらそ》いをする相手《あいて》がいなくなって、ぼくは少《すこ》し寂《さび》しい。

そして、今日《きょう》の練習《れんしゅう》は、紅白戦《こうはくせん》。メンバーに選《えら》ばれなかったぼくは、駄菓子屋前《だがしやまえ》に走《はし》る。

陽炎《かげろう》の立《た》つアスファルトの上《うえ》で、腰《こし》を落《お》とす。

背後《はいご》の駄菓子屋《だがしや》に、アイスキャンディをくわえた直樹君《なおきくん》はいない。今《いま》は、紅組《あかぐみ》のピッチャーとしてマウンドに立《た》ってることだろう。

「バッチ、こ〜い！」

ぼくは、声《こえ》を出《だ》す。

陽炎《かげろう》の向《む》こうから、小川蛍《おがわほたる》が歩《ある》いてくる。今《いま》も、彼女《かのじょ》のさわやかな笑顔《えがお》は変《か》わらない。

そのとき、パキャンという打球音《だきゅうおん》がした。フェンスを越《こ》えて、ボールが飛《と》んでくる。

「オーライ！」

ぼくは、両手《りょうて》を上《あ》げると落下点《らっかてん》に向《む》かって走《はし》った。

第《だい》二打《だ》席《せき》
ポジションは
ポイントガード

……太陽《たいよう》は、真面目《まじめ》で働《はたら》き者《もの》だ。サボるということを知《し》らない。

今日《きょう》も朝《あさ》から、これでもかってぐらいの勢《いきお》いで、地面《じめん》をあぶってる。

——負《ま》けるもんか！

ぼくは、陽炎《かげろう》の立《た》つアスファルトをにらみつけ、駄菓子屋《だがしや》前《まえ》で大《おお》きな声《こえ》を出《だ》す。

「バッチ、こーい！」

一瞬《いっしゅん》、頭《あたま》がクラッとする。

——ダメだ、声《こえ》を出《だ》すだけで倒《たお》れそうになる。

ぼくは、声《こえ》をエコモードにし、飛《と》んでくる打球《だきゅう》に意識《いしき》を集中《しゅうちゅう》しようとした。

陽炎《かげろう》のせいで、自分《じぶん》が砂漠《さばく》に迷《まよ》いこんだような気分《きぶん》になる。ラクダでも出《で》てきそうな雰《ふん》囲気《いき》だ。

「ネエ〜、ネエ〜。」

鳴《な》き声《ごえ》まで、聞《き》こえてきた。

「ネエ〜、ネエ〜。」

いや、ラクダがいないのに、鳴《な》き声《ごえ》が聞《き》こえるのはおかしいじゃないか。それ以前《いぜん》に、

桜木陽

ラクダって、「ネエ〜、ネエ〜。」って鳴《な》くのか？

ぼくは、振《ふ》り返《かえ》って、声《こえ》のするほうを見《み》た。

駄菓子屋前《だがしやまえ》。アイスキャンディの入《はい》った冷凍庫《れいとうこ》。その横《よこ》には、ベンチが置《お》かれている。

「ネエ〜、ネエ〜。」

鳴《な》き声《ごえ》は、ベンチに座《すわ》ってる女《おんな》の子《こ》からだった。

いや……女《おんな》の子《こ》だろうな？　短《みじか》い髪《かみ》は男《おとこ》の子《こ》みたいだし、なにより、体《からだ》が大《おお》きい。座《すわ》ってても、巨大《きょだい》さが伝《つた》わってくる。制服《せいふく》のスカートをはいてなかったら、絶対《ぜったい》に男《おとこ》の子《こ》だと思《おも》うだろう。

「なにやってんの？」

女《おんな》の子《こ》が、左手《ひだりて》に持《も》っていたアイスキャンディで、ぼくを指《さ》す。

……なんて、失礼《しつれい》な質問《しつもん》だ。

ぼくは、帽子《ぼうし》の位置《いち》を直《なお》し、少《すこ》し胸《むね》をはって答《こた》える。

「この格好《かっこう》を見《み》たら、わかるだろ。野球《やきゅう》だよ。」

「ふ〜ん、そうなんだ。」

それだけ答《こた》えると、もう興味《きょうみ》をなくしたのか、そっぽを向《む》いてアイスキャンディをなめる仕事《しごと》に戻《もど》った。

なんなんだよ、いったい……。

いや、こんなことで集中力《しゅうちゅうりょく》を乱《みだ》してはいけない。夏《なつ》の大会《たいかい》も迫《せま》っている。気合《きあい》を入《い》れて、練習《れんしゅう》しないと！

ぼくは、高台《たかだい》の上《うえ》にあるグラウンドに向《む》かって声《こえ》を出《だ》す。

「バッチ、こーい！」

すると、また背後《はいご》で声《こえ》がした。

「ねえ、ハルヒオン。」

ハルヒオン？　なんだ、その競馬《けいば》に出《で》てくる馬《うま》みたいな名前《なまえ》は？

意味《いみ》をきこうと振《ふ》り返《かえ》ったら、先《さき》に質問《しつもん》される。どうやら、ぼくより反射神経《はんしゃしんけい》がいいようだ。

「わたし、野球《やきゅう》って、あんま詳《くわ》しくないんだけど。ハルヒオンのやってるのって、本当《ほんとう》に野球《やきゅう》？」

――そうか、ハルヒオンってのは、ぼくのことか。

いや、重要《じゅうよう》なのは、そこじゃない。

「野球《やきゅう》に決《き》まってるだろ！　ユニフォームも着《き》てるし、グローブも持《も》ってる。」

ぼくは、ビシッと答《こた》えた。

しばらくアイスキャンディをなめてから、女《おんな》の子《こ》が言《い》う。

「でも、野球《やきゅう》やってるように見《み》えないのよ。グローブを持《も》ってるってことは、守備《しゅび》をしてるってことよね？　だったら、ハルヒオンのポジションってどこなの？」

「駄菓子屋前《だがしやまえ》だ。」

ぼくは、刑事《けいじ》が警察手帳《けいさつてちょう》を出《だ》すように、グローブを突《つ》き出《だ》す。

「そんなポジションあんの？」

首《くび》をひねる女《おんな》の子《こ》に、駄菓子屋前《だがしやまえ》のポジションがいかに重要《じゅうよう》かを、ぼくは力説《りきせつ》する。

「つまり、ファールボールが駄菓子屋《だがしや》の商品《しょうひん》を傷《きず》つけたら、野球部《やきゅうぶ》の部費《ぶひ》を使《つか》って弁償《べんしょう》しなければならない。そんなところに大量《たいりょう》の部費《ぶひ》を使《つか》えば、他《ほか》の用具《ようぐ》が買《か》えなくなる。つまり、野球部《やきゅうぶ》の命運《めいうん》を握《にぎ》ってるのが、駄菓子屋前《だがしやまえ》のポジションってことなんだ。」

「…………」

ぼくは、無反応《むはんのう》な女《おんな》の子《こ》にきく。

「理解《りかい》できた？」

「よくわかんないけど、ハルヒオンが、駄菓子屋前《だがしやまえ》を一生懸命守《いっしょうけんめいまも》ってることはわかった。」

うん、それでよろしい。

一段落《いちだんらく》したところで、ぼくも質問《しつもん》する。

「あのさ、ハルヒオンって、なに？」

すると女《おんな》の子《こ》は、アイスキャンディで、ぼくのユニフォームの胸《むね》を指《ゆび》さす。

「あんたの名前《なまえ》。そこに書《か》いてあるじゃない。」

たしかに、ユニフォームの胸《むね》には『春日温《かすがあつし》』と書《か》いてある。しかし、これを『ハルヒオン』と読《よ》むとはな……。

ぼくは、フッと余裕《よゆう》の笑《え》みを浮《う》かべる。

「これは、『かすがあつし』って読《よ》む。ちなみに、『温《あつし》』って読《よ》める奴《やつ》は少《すく》ないので、ぼくは『ヌク』と呼《よ》ばれてる。」

女《おんな》の子《こ》の目《め》が輝《かがや》く。

「ヌクも、読《よ》みにくい名前《なまえ》なんだ！　仲間《なかま》だね！」

いや、なれなれしく『ヌク』って呼《よ》んでいいなんて許可《きょか》してないぞ！

ぼくが注意《ちゅうい》する前《まえ》に、女《おんな》の子《こ》が自分《じぶん》の胸《むね》の名札《なふだ》を両手《りょうて》で持《も》って突《つ》き出《だ》す。

「ほら、わたしの名前《なまえ》！　ヌク、読《よ》める？」

黄色《きいろ》の名札《なふだ》には、『桜木陽』と書《か》いてある。……えっ、黄色《きいろ》！

名札《なふだ》の色《いろ》は、学年《がくねん》を表《あらわ》している。ぼくら二年生《ねんせい》は赤色《あかいろ》。三年生《ねんせい》が緑色《みどりいろ》で、黄色《きいろ》は一年生《ねんせい》だ。

つまり、この体《からだ》と態度《たいど》が大《おお》きい女《おんな》の子《こ》は、一年生《ねんせい》……。

黙《だま》りこんでしまったぼくに、女《おんな》の子《こ》が言《い》う。

「『桜木《さくらぎ》』はみんな読《よ》めるけど、名前《なまえ》のほうは『陽《よう》』って書《か》いて、『ハル』って読《よ》むの。読《よ》める人《ひと》が少《すく》ないから、『よう』って呼《よ》ばれるときが多《おお》いんだけど、なれなれしい感《かん》じがして好《す》きじゃないんだ。だからヌクも、『ハル』って呼《よ》んでね。」

ぼくのことをなれなれしく『ヌク』って呼《よ》ぶくせに、ハルは注文《ちゅうもん》が多《おお》い。

「あのね、ハル――。」

先輩後輩《せんぱいこうはい》の関係《かんけい》について話《はな》そうとしたら、大《おお》きな手《て》のひらが、ぼくの言葉《ことば》をさえぎる。

「言《い》い忘《わす》れたけど、カタカナじゃなくて横文字《よこもじ》で『HAL《ハル》』って発音《はつおん》してくれない？」

「………」

その言葉《ことば》を、無視《むし》することに決《き》める。

ぼくは、ひとつ咳払《せきばら》いしてから口《くち》を開《ひら》く。

「ハル、きみは一年生《ねんせい》だ。そして、ぼくは二年生《ねんせい》。つまり、先輩《せんぱい》だ。もう少《すこ》し、口《くち》のきき方《かた》に気《き》をつけてもいいんじゃないだろうか？」

とたんに、ハルが顔《かお》をしかめた。なにも言《い》わなくても、「うざっ！」っていう気持《きも》ちが伝《つた》わってくる。

「いや……わたし、そういうの遠慮《えんりょ》してるので――。」

ハエを追《お》い払《はら》うように、ハルは左手《ひだりて》をひらひら振《ふ》った。

「きみがいくら遠慮《えんりょ》しても、世《よ》の中《なか》には礼儀《れいぎ》というものが――。」

「来《く》るよ。」

ぼくの言葉《ことば》は、ハルの言葉《ことば》でさえぎられた。

振《ふ》り向《む》くと、アスファルトの道路《どうろ》で、ボールが大《おお》きくバウンドしたのが見《み》えた。

ヤバイ！

あわてて駆《か》け出《だ》す。

しかしボールは、突《つ》っこみすぎたぼくの頭上《ずじょう》を飛《と》び越《こ》え、駄菓子屋《だがしや》に向《む》かって一直線《いっちょくせん》。

損害賠償《そんがいばいしょう》という漢字《かんじ》が、頭《あたま》の中《なか》をよぎる。中学《ちゅうがく》二年生《ねんせい》で、こんな四字熟語《よじじゅくご》が正確《せいかく》に書《か》けるのが哀《かな》しい。

いや、あきらめるな！

ぼくは、振《ふ》り向《む》くとボールに向《む》かって全力《ぜんりょく》ダッシュ！

なのに、ボールは、グローブの遥《はる》か先《さき》――。

もうダメだと思《おも》ったとき、ガシッとボールをつかむ大《おお》きな手《て》。ハルが、店《みせ》に飛《と》びこむ瞬《しゅん》間《かん》のボールをつかんでいる。

「はい、どうぞ。」

ボールを右手《みぎて》に持《も》ち替《か》えたハルが、ぼくにボールをわたす。ハルの長《なが》くて細《ほそ》い指《ゆび》。とてもきれいな手《て》だ。中指《なかゆび》の大《おお》きなペンだこが、不釣《ふつ》りあいだ。

「………」

無言《むごん》で受《う》けとるぼくに、ハルがチッチッチと指《ゆび》を振《ふ》る。

「お礼《れい》はないの？　こういうときは、『ありがとう。』って言《い》うのが礼儀《れいぎ》よ。」

……さっきまで礼儀《れいぎ》を教《おし》えようとしていたぼくが、どうして教《おし》えられなきゃいけないんだ？

でも、やっぱり言《い》わないといけないだろうな、人間《にんげん》として……。

迷《まよ》ってると、パタパタという足音《あしおと》がした。Ｔ《ティー》シャツとトランクス姿《すがた》の女《おんな》の子《こ》が三人《にん》、こちらに向《む》かって走《はし》ってくる。

「ヤバッ！」

ハルが、状況《じょうきょう》を理解《りかい》できないぼくからボールをうばいとり、足音《あしおと》のほうに向《む》かって投《な》げた。それは、みごとなクイックモーション。スポーツ記事《きじ》でよく見《み》る〝右《みぎ》の本格派《ほんかくは》〟という言葉《ことば》が、浮《う》かぶ。

矢《や》のような速球《そっきゅう》が、女《おんな》の子《こ》たちを襲《おそ》う。

「わっ！」

女《おんな》の子《こ》たちがボールをよけてる隙《すき》に、アイスキャンディをくわえたハルが逃《に》げる。ぼくは、民家《みんか》から食《た》べ物《もの》を盗《と》って逃《に》げる猿《さる》をイメージした。

「逃《に》げられたか……。」

駄菓子屋前《だがしやまえ》に来《き》た女《おんな》の子《こ》たちが、悔《くや》しそうに言《い》う。その中《なか》のひとりは、同《おな》じクラスの女《おんな》の子《こ》――水島葵《みずしまあおい》だ。

「練習中《れんしゅうちゅう》ごめんね、ヌク。」

水島葵《みずしまあおい》は、同《おな》じクラスの女子《じょし》バスケ部員《ぶいん》。他《ほか》の女子《じょし》も、バスケ部《ぶ》のようだ。

汗《あせ》だくのT《ティー》シャツの袖《そで》で顔《かお》を拭《ふ》いてから、水島《みずしま》がきいてくる。

「あの子《こ》、ヌクの邪魔《じゃま》しなかった？」

ぼくは返事《へんじ》に困《こま》る。

邪魔《じゃま》されたような気《き》もするけど、駄菓子屋《だがしや》に飛《と》びこむボールをキャッチしてくれたのも彼女《かのじょ》だ。

なんて答《こた》えたらいいのかわからないので、ぼくは質問《しつもん》を返《かえ》す。

「どうして、女《じょ》バスがハルを追《お》いかけてるの？」

「入部《にゅうぶ》させようと思《おも》ってってね、入学《にゅうがく》してからずっと目《め》をつけてたんだ。」

じつに納得《なっとく》できる話《はなし》だ。あの身長《しんちょう》なら、一年生《ねんせい》からレギュラーで活躍《かつやく》できるだろう。

「それで、今日《きょう》——。やっと体育館《たいいくかん》まで来《こ》させたんだけど、餌《えさ》だけとられて逃《に》げられたわ。」

舌打《したう》ちする水島《みずしま》。

「餌って？」

「古《ふる》いSF《エスエフ》映画《えいが》のDVD《ディーブイディー》。廃盤《はいばん》になってて、レンタルショップにも出《で》てない作品《さくひん》なの。それを貸《か》してあげるからって言《い》って、呼《よ》び出《だ》したの。」

人間《にんげん》の浅知恵《あさぢえ》では、野生《やせい》の獣《けもの》を捕《つか》まえることはできなかった——ぼくの頭《あたま》の中《なか》で、ドキュメンタリー番組《ばんぐみ》のナレーションが響《ひび》く。

「そこまでして、彼女《かのじょ》を入部《にゅうぶ》させたいんだ？」

ぼくの質問《しつもん》に、水島葵《みずしまあおい》が目《め》を輝《かがや》かせる。

「逃《に》げるときに、三年《ねん》の先輩《せんぱい》たちが立《た》ちふさがったの。でも、あの子《こ》に誰《だれ》も触《さわ》ることができなかった。」

「………」

「それに、見《み》たでしょ？　今《いま》、逃《に》げるために野球《やきゅう》のボールを平気《へいき》でぶつけようとするメンタルの強《つよ》さと、状況判断力《じょうきょうはんだんりょく》。ヌクも、あの子《こ》がバスケ選手《せんしゅ》としてコートでプレイする姿《すがた》を見《み》たくない？」

いや、ぼくとしては、猛獣《もうじゅう》として檻《おり》の中《なか》で隔離《かくり》してほしい。

ここで疑問《ぎもん》が芽生《めば》える。あれだけの体格《たいかく》と運動神経《うんどうしんけい》を持《も》ってるのに、どうしてハルはバスケをやらないんだろう？

なにか、やりたくない理由《りゆう》があるんだろうか？

「ハルが明日《あした》も駄菓子屋前《だがしやまえ》に来《き》たら、体育館《たいいくかん》に来《く》るように言《い》ってくれない。……まぁ、おとなしく来《く》るとは思《おも》えないけど。」

そう言《い》い残《のこ》して、水島《みずしま》たちは体育館《たいいくかん》に戻《もど》っていった。

賑《にぎ》やかだった駄菓子屋前《だがしやまえ》が、急《きゅう》に静《しず》かになる。聞《き》こえるのは、セミのオーケストラと、ぼくの汗《あせ》がアスファルトの道路《どうろ》に落《お》ちる音《おと》だけ。

ぼくは、考《かんが》える。

さっき見《み》た、ハルの獣《けもの》のような動《うご》き（いや、態度《たいど》や口調《くちょう》も人間《にんげん》らしいとは言《い》いがたいけど……）。

そしてハルは、理由《りゆう》はわからないけどバスケ部《ぶ》には入《はい》るのをいやがってる。ああいう獣《けもの》に、やりたくないことを無理《むり》にやらせようとすると、どうなるか……？

ぼくの頭《あたま》の中《なか》で、〝大自然《だいしぜん》の怒《いか》り〟という言葉《ことば》が渦《うず》を巻《ま》く。気《き》のせいか、落《お》ちる汗《あせ》の量《りょう》が増《ふ》えたようだ。

――バスケ部《ぶ》からの呼《よ》び出《だ》し、ハルに伝《つた》えないほうがいいようだ。

結論《けつろん》を出《だ》したぼくは、誰《だれ》もいなくなった駄菓子屋前《だがしやまえ》で、大《おお》きく深呼吸《しんこきゅう》する。そして、雑念《ざつねん》を吹《ふ》き飛《と》ばしてから、

「バッチ、こー！」

と、大《おお》きな声《こえ》を出《だ》した。

次《つぎ》の日《ひ》――。

「ねえ、『バッチ』ってなに？」

駄菓子屋前《だがしやまえ》で守備《しゅび》についていると、背後《はいご》から声《こえ》をかけられた。振《ふ》り返《かえ》ると、昨日《きのう》と同《おな》じ姿勢《しせい》で、ハルがベンチに座《すわ》っている。ちがっているのは、手《て》に持《も》ってるのがアイスキャンディじゃなくラムネの瓶《びん》ってことだけだ。

ぼくは視線《しせん》を戻《もど》し、また声《こえ》を出《だ》す。

「バッチ、こーい！」

「だから、『バッチ』ってなんなのよ？」

また、ハルがきいてくる。

じつに、うるさい。これじゃあ、練習《れんしゅう》に集中《しゅうちゅう》できない。仕方《しかた》ないので、振《ふ》り返《かえ》らずに答《こた》える。

「バッターのことだよ。『バッター、来《こ》い。』って意味《いみ》だ。」

「なんで、バッター呼《よ》ぶの？　呼《よ》んでも、来《こ》られないでしょ？　なのに『バッター、来《こ》い。』って言《い》うのって、意味《いみ》ないんじゃない？　不倫騒動《ふりんそうどう》のタレントが答《こた》えないのわかってんのに『一言《ひとこと》お願《ねが》いします！』って、無駄《むだ》に声《こえ》をかけてる芸能《げいのう》レポーターみたい。」

ぼくの一言《ひとこと》に、三倍《ばい》ぐらいの不満声《ふまんごえ》が返《かえ》ってきた。

イラつく気持《きも》ちを抑《おさ》えて、ぼくは優《やさ》しく答《こた》える。

「もちろん、バッター本人《ほんにん》を呼《よ》んでるわけじゃない。これは、『自分《じぶん》のところに打《う》ってこい！　おれがアウトにしてやる。』って気持《きも》ちを表《あらわ》してるのさ。」

「駄菓子屋前《だがしやまえ》に飛《と》んできたボールも、アウトにできるの？」

「………」

ぼくは、言葉《ことば》に詰《つ》まる。

そういえば、野球《やきゅう》ルールでは、どうなってるんだろう？　今度《こんど》、ルールブックを調《しら》べてみよう。

そんなことを考《かんが》えてたら、集中《しゅうちゅう》が切《き》れた。

ボールが道路《どうろ》でバウンドした音《おと》で、我《われ》に返《かえ》る。

反射的《はんしゃてき》に、体《からだ》が動《うご》く。これは、今《いま》までの練習《れんしゅう》の成果《せいか》！　まっすぐボールに向《む》かって走《はし》る。

走《はし》るぼくの頭上《ずじょう》を、バウンドしたボールが通過《つうか》する。

思《おも》いっきりバンザイしても、ボールには届《とど》かない。

しかし――。

ボールが駄菓子屋《だがしや》に飛《と》びこむ前《まえ》に、ナイスキャッチしたのは、ハルだ。

「どうぞ。」

ハルが、ぼくに向《む》かってボールをパス。ぼくがグローブを動《うご》かさなくても、ボールがグローブに吸《す》いこまれる。すさまじいコントロールだ。

「どうも……。」

「こういうときは、『どうも。』じゃなくて『ありがとうございます。』って言《い》うのが、礼《れい》儀《ぎ》だと思《おも》うわ。」

「……アリガトウゴザイマス。」

ぼくは、口《くち》の奥《おく》で言《い》った。腹話術《ふくわじゅつ》の人形《にんぎょう》になったような気分《きぶん》だ。

満足《まんぞく》げに微笑《ほほえ》むハルを無視《むし》するように背《せ》を向《む》けて、ぼくは守備位置《しゅびいち》に戻《もど》り、腰《こし》を落《お》とす。

「バッチ、こー!」

「ヌクのためを思《おも》って言《い》ってあげるけど、バッチは来《こ》ないほうがいいんじゃないかな。」

容赦《ようしゃ》ないハルの言葉《ことば》を無視《むし》する。

夏《なつ》の大会《たいかい》は、もうすぐだ。今《いま》は、練習《れんしゅう》に集中《しゅうちゅう》しなければいけない。ぼくのポジションは駄菓子屋前《だがしやまえ》だけど、ここでがんばることがチームのためになってる。だから、気《き》を抜《ぬ》いちゃダメだ！

「ねえ、ヌク――。」

悪魔《あくま》のささやきは、シャットダウン！

「ボールのとり方《かた》、教《おし》えてあげようか。」

ぼくの耳《みみ》が、ピクリと動《うご》く。

「ボールのとり方《かた》、知《し》りたいんじゃない？」

ぼくの気持《きも》ちに関係《かんけい》なく、耳《みみ》がハルのほうを向《む》いてしまう。

そのとき、ボールが目《め》の前《まえ》でバウンドした。反射的《はんしゃてき》にダッシュしようとしたんだけど、体《からだ》が動《うご》かない。

なんだ？

ぼくの両腕《りょううで》が、ハルにガッシリつかまれている。

「動《うご》いちゃダメ！」

……いや、動《うご》こうにも動《うご》けないんですが……。

そのまま駄菓子屋《だがしや》のほうへ引《ひ》きずられ、ベンチに放《ほう》り出《だ》される。ハルは、ぼくのグローブをはめた手《て》を、人形遣《にんぎょうつか》いのように動《うご》かしてかまえる。

飛《と》んできたボールが、グローブの中《なか》に収《おさ》まる。

「こうやってとればいいの。」

「……………」

「ハルは、一生懸命《いっしょうけんめい》とろうとしすぎるの。だから、ボールが来《き》たらすぐに飛《と》び出《だ》しちゃう。でも、それだとボールは逃《に》げちゃう。こうして、ボールのほうから来《き》てくれるのを待《ま》つ──これぐらいの余裕《よゆう》がなくちゃ。」

ぼくの横《よこ》に座《すわ》り、にっこり微笑《ほほえ》むハル。

「……ありがとう。」

今度《こんど》は、すんなり言葉《ことば》が出《で》た。

なるほど、たしかにハルの言《い》うとおりだ。今《いま》までのぼくは、ボールをとることに気持《きも》ちが先走《さきばし》りすぎていた。待《ま》つことも、大事《だいじ》なんだ。

ハルが、ぼくに向《む》かって左手《ひだりて》を出《だ》す。

ぼくは、その手《て》をパンと叩《たた》く。

ものすごくいやそうなハルの顔《かお》。

「なにすんのよ!」

「なにって……ハイタッチだけど。」

「どうして、わたしがヌクとハイタッチしないといけないのよ! これは、お礼《れい》を要求《ようきゅう》してるの!」

「………」

一瞬《いっしゅん》でも感謝《かんしゃ》の気持《きも》ちを持《も》った自分《じぶん》が、バカに思《おも》えてきた。

ぼくは、駄菓子屋《だがしや》の冷凍庫《れいとうこ》を開《あ》け、ホームランバーを二本《ほん》とり出《だ》す。そして、店《みせ》の奥《おく》に向《む》かって声《こえ》をかける。

「梅《うめ》バアチャン、ホームランバー二本《ほん》もらうね。お金《かね》は、練習《れんしゅう》が終《お》わってから持《も》ってくるから！」

「らぁじゃあ！」

店《みせ》の奥《おく》から、梅《うめ》バアチャンの返事《へんじ》がした。

ぼくからホームランバーを受《う》けとったハルは、礼《れい》も言《い》わずに包《つつ》み紙《がみ》をむき始《はじ》める。おまえ、礼儀《れいぎ》はどうしたんだ！

ぼくは立《た》ち上《あ》がり、礼儀《れいぎ》を指導《しどう》しようと口《くち》を開《ひら》いたとき、

「ヌク、モテないでしょ。」

先《さき》に、ハルが言《い》った。

開《ひら》いた口《くち》からは、言葉《ことば》の代《か》わりに、パクパクと空気《くうき》しか出《で》てこない。

ハルが、自分《じぶん》の横《よこ》をペンペンと叩《たた》く。ベンチに座《すわ》れという意味《いみ》だろう。

「さっきも言《い》ったけど、ヌクは、一生懸命《いっしょうけんめい》すぎるの。人《ひと》を好《す》きになっても、一生懸命《いっしょうけんめい》に想《おも》いすぎて、相手《あいて》のほうが引《ひ》いちゃう——そういうタイプでしょ？　だから、モテないでしょって言《い》ったの。」

「…………」

ぼくは、ホームランバーをなめながら、ハルの話《はなし》を聞《き》く。

「女《おんな》の子《こ》も、ボールと同《おな》じ。向《む》こうから来《き》てくれるのを待《ま》つ余裕《よゆう》が大事《だいじ》ね。」

なるほど、勉強《べんきょう》になる。

ぼくは、ハルの話《はなし》を、ホームランバーの包《つつ》み紙《がみ》にメモしたくなる。

「それもこれも、自信《じしん》がないのが原因《げんいん》だと思《おも》うわ。だから、ボールや女《おんな》の子《こ》に対《たい》して、バタバタ動《うご》いちゃう。男《おとこ》の子《こ》なんだから、もっと堂々《どうどう》としてなきゃ。」

ふむふむ……。

「『風林火山《ふうりんかざん》』って言葉《ことば》、知《し》ってるでしょ？」

「動《うご》かざること山《やま》のごとし——ってやつだろ。」

「そのとおり。今《いま》のヌクに、いちばん必要《ひつよう》なことだと思《おも》うよ。」

ハルの言葉《ことば》が、心《こころ》にしみわたってくる。

守備位置《しゅびいち》に戻《もど》ったぼくは、言《い》われたことを胸《むね》に刻《きざ》んで、声《こえ》を出《だ》す。

「バッチ、こーい！」

願《ねが》いどおり、ボールは飛《と》んできた。アスファルトで、ボールが弾《はず》む。

ダッシュしようとする体《からだ》を、必死《ひっし》で止《と》める。風林火山《ふうりんかざん》——動《うご》かざること、山《やま》のごとし！

ぼくは、山《やま》になった気分《きぶん》で、ボールを見《み》つめる。大《おお》きくバウンドしたボールは、ぼくの頭《あたま》の上《うえ》を越《こ》える。

回《まわ》れ右《みぎ》して、ボールの行方《ゆくえ》を目《め》で追《お》う。

ボールは、駄菓子屋《だがしや》に向《む》かって一直線《いっちょくせん》。

——これって、マズイんじゃないの？

そう思《おも》ったとき、ベンチに座《すわ》っていたハルが、左手《ひだりて》を伸《の》ばしボールをキャッチした。

「はぁ……。」

ため息《いき》とともに、ぼくにボールをパスするハル。

「あのね、ヌク。なにもしないで見《み》てたら、とれるわけないでしょ。」

「でも、動《うご》かざること山《やま》のごとしって——。」

「疾《はや》きこと風《かぜ》のごとくって言葉《ことば》が、いちばん初《はじ》めについてるの、知《し》らないの？」

「………。」

そういえば、聞《き》いたことがあるような、ないような……。

「ボールが飛《と》んできたとき、あわてて動《うご》かない。でも、どこに落《お》ちるかわかったら、風《かぜ》のように速《はや》くとりに行《い》く――わかった？」

ハルの言葉《ことば》に大《おお》きくうなずき、ぼくは守備位置《しゅびいち》に戻《もど》った。

「バッチ、こーい！」

腰《こし》を落《お》とし、

――動《うご》くのは、ボールが落《お》ちる場所《ばしょ》がわかってから。動《うご》くのは、ボールが落《お》ちる場所《ばしょ》がわかってから。

呪文《じゅもん》のように、心《こころ》の中《なか》で唱《とな》える。

――動《うご》くな……動《うご》くな。

しかし、唱《とな》えなくても、動《うご》けなくなる原因《げんいん》がやってきた。

陽炎《かげろう》の中《なか》、日傘《ひがさ》をさした小川蛍《おがわほたる》が歩《ある》いてくる。手《て》には、ピアノの教本《きょうほん》が入《はい》ったバッグ。

バタバタしていて忘《わす》れてたけど、今日《きょう》は、ピアノのレッスン日《び》だ。

「こんにちは、春日君《かすがくん》。今日《きょう》もがんばってるね。」

どれだけ太陽《たいよう》ががんばっても、彼女《かのじょ》の笑顔《えがお》の破壊力《はかいりょく》には勝《か》てっこない。ぼくは、とろけそうな体《からだ》を、目一杯《めいっぱい》の精神力《せいしんりょく》で立《た》て直《なお》す。

そして、一生懸命練習《いっしょうけんめいれんしゅう》しているアピールのために、さっきより大《おお》きな声《こえ》を出《だ》す。

「バッチ、こー！」

小川蛍《おがわほたる》が、直樹君《なおきくん》のことを好《す》きなのはわかってる。あきらめなきゃいけないのもわかってる。……でも、簡単《かんたん》に割《わ》り切《き》れない。

そんなことを考《かんが》えてたら、背中《せなか》にゾワリとする感触《かんしょく》。肉食獣《にくしょくじゅう》のザラザラする舌《した》で、なめられたような気分《きぶん》。

振《ふ》り返《かえ》ると、ベンチに座《すわ》ったハルが、なんとも言《い》えない顔《かお》つきで、ぼくと小川蛍《おがわほたる》を見《み》ている。

「ちっす。」

ハルが、小川蛍《おがわほたる》に向《む》かって軽《かる》く手《て》をあげる。それに対《たい》して、会釈《えしゃく》する小川蛍《おがわほたる》。どっちが先輩《せんぱい》か、わからない。

「彼女《かのじょ》、誰《だれ》？」

小川蛍《おがわほたる》の質問《しつもん》に、かかわらないほうがいいという意味《いみ》で、ぼくは小《ち》さく首《くび》を横《よこ》に振《ふ》る。

うなずいた彼女《かのじょ》が、バッグを持《も》ち直《なお》す。

「じゃあね、春日君《かすがくん》。——あと、バカ直《なお》に会《あ》ったら『約束忘《やくそくわす》れないでね。』って、言《い》っといて。」

「約束《やくそく》？」

きき返《かえ》すと、彼女《かのじょ》の頰《ほお》が赤《あか》くなる。それは、おそらく日焼《ひや》けではない。

「……大丈夫《だいじょうぶ》。そう言《い》ってくれたらわかるから。」

早口《はやくち》で言《い》って、立《た》ち去《さ》る小川蛍《おがわほたる》。

ぼくは、陽炎《かげろう》の中《なか》で小《ちい》さくなっていく彼女《かのじょ》を見送《みおく》る。

「いやぁ〜、青春《せいしゅん》ですな。」

いつの間《ま》にか、ハルが背後《はいご》に立《た》っている。気配《けはい》も足音《あしおと》もない。こいつが肉食獣《にくしょくじゅう》なら、ぼくは確実《かくじつ》に食《く》われていただろう。

「なんだよ、おまえは！　練習《れんしゅう》の邪魔《じゃま》すんな！」

振《ふ》り返《かえ》り、ぼくは怒《おこ》った。

ハルは、まったく気《き》にしてない。

「そんな偉《えら》そうな台詞《せりふ》は、ちゃんと練習《れんしゅう》に集中《しゅうちゅう》してる者《もの》しか言《い》う資格《しかく》ないよ。」

そして、飛《と》んできたファールボールを、片手《かたて》でキャッチ。

「はい、どうぞ。」

ぼくのグローブに、ボールを入《い》れる。

「偉《えら》そうなのは、どっちだよ！　ぼくは、練習《れんしゅう》に集中《しゅうちゅう》したいんだ！　邪魔《じゃま》してるのは、ハルだろ！　アイス買《か》いに来《き》たのなら、もう用《よう》はすんだんだろ！　帰《かえ》れよ！」

かなりキツイ言葉《ことば》に、キョトンとした顔《かお》のハル。

しまった、言《い》いすぎたか……。

体《からだ》も態度《たいど》も大《おお》きくても、ハルは一年生《ねんせい》。先輩男子《せんぱいだんし》から怒鳴《どな》られる経験《けいけん》なんて、そんなにないだろう。

泣《な》き出《だ》したら、どうしよう……。

「いや……その、ぼくも言《い》いすぎたかな……。ハルだって、べつに、ぼくの邪魔《じゃま》しようと思《おも》ってるわけじゃないんだし――。邪魔《じゃま》どころか、ボールをとるのを手伝《てつだ》ってくれてるしね。そうだ！　あとで、アイスを買《か》ってやろう！　手伝《てつだ》ってくれたお礼《れい》にね。」

あたふたと言《い》うぼくを無視《むし》するように、ハルが、ポンと手《て》を叩《たた》く。

「忘《わす》れてた……。わたし、用事《ようじ》があったんだ。」

そして、ぼくの後《うし》ろ襟《えり》をつかむと、歩《ある》き出《だ》す。

「ちょ！　待《ま》った！　どこへ連《つ》れてくんだよ！」

「昨日《きのう》借《か》りたDVD《ディーブイディー》を、水島《みずしま》さんに返《かえ》しに行《い》くところだったのよ。」

ハルは、レンタル期間《きかん》は必《かなら》ず守《まも》るタイプのようだ。

「一晩《ひとばん》で見《み》たのか？」

「うん。あと、データをリッピングしてコンピュータにとりこんだから、いつでも見返《みかえ》せるしね。」

「…………。」

言《い》ってる意味《いみ》がわからない。

「ハルは、コンピュータ使《つか》えるのか？」

「現代人《げんだいじん》としては、基本《きほん》でしょ。」

自慢《じまん》するでもなく、ハルが言《い》う。

ぼくは、自分《じぶん》が猿《さる》に退化《たいか》したような気持《きも》ちになる。

でも、昨日《きのう》の様子《ようす》から考《かんが》えて、ハルがバスケ部《ぶ》に行《い》ったら、一騒動起《ひとそうどうお》こるんじゃないだろうか？

ぼくの心配《しんぱい》をよそに、ハルは、のんきな声《こえ》で言《い》う。

「アイス食《た》べて、ヌクを見《み》てたら、バスケ部《ぶ》に行《い》くのを忘《わす》れてたわ。せっかくだから一緒《いっしょ》に行《い》こう。」

「ぼくは関係《かんけい》ないだろ！　だいたい、今《いま》は野球部《やきゅうぶ》の練習中《れんしゅうちゅう》なんだぞ！」

引《ひ》きずられながら、ぼくは、誰《だれ》もが納得《なっとく》する正論《せいろん》を言《い》った。なのに──。

「ひとりで行《い》くなんて、心細《こころぼそ》いでしょ。か弱《よわ》い一年生《ねんせい》の女《おんな》の子《こ》を、そんなつらい目《め》にあわせても、ヌクは平気《へいき》なの？　それで、先輩《せんぱい》として胸《むね》をはれる？　ここは、付《つ》き添《そ》ってあげるのが漢《おとこ》ってやつでしょ！」

「…………」

なにも言《い》い返《かえ》せない。

いや、なにか突破口《とっぱこう》はあるはずだ！

ぼくは、引《ひ》きずられながら、一生懸命頭《いっしょうけんめいあたま》を回転《かいてん》させる。

見《み》つけた！

今《いま》、ハルは自分《じぶん》のことを〝か弱《よわ》い〟と表現《ひょうげん》した。しかし、これはまちがっている。もし、ハルが〝か弱《よわ》い〟のなら、日本中《にほんじゅう》の辞書《じしょ》を回収《かいしゅう》して書《か》き換《か》えないといけなくなる。

つまり、〝か弱《よわ》くない〟ハルに、ぼくは付《つ》き添《そ》わなくてもいいんだ！

この完璧《かんぺき》な理論《りろん》をハルに話《はな》そうとしたとき、ぼくの体《からだ》は体育館《たいいくかん》についていた。

体育館《たいいくかん》では、バスケット部《ぶ》とバドミントン部《ぶ》、バレー部《ぶ》がフロアをネットで仕切《しき》って使《つか》っていた。

ステージの上《うえ》では、卓球部《たっきゅうぶ》が練習《れんしゅう》している。

「あれ、ヌク？　野球部《やきゅうぶ》が、なんの用《よう》だ？」

隣《となり》のクラスの中島《なかじま》が、ぼくを見《み》つける。小学校《しょうがっこう》のころは、よく一緒《いっしょ》に野球《やきゅう》をしたんだけど、中学《ちゅうがく》ではバスケ部《ぶ》に入《はい》ってる。

「うん……まぁ、いろいろあってね。」

この状況《じょうきょう》をわかりやすく説明《せつめい》できるほど、ぼくは国語《こくご》の成績《せいせき》がよくない。

「そっちこそ、なにやってんの？　休憩《きゅうけい》？」

質問《しつもん》を返《かえ》すことで、ごまかす。

「まぁな。体育館《たいいくかん》が狭《せま》いうえに、バスケ部《ぶ》は人数《にんずう》が多《おお》いだろ。今《いま》は、女《じょ》バスの練習時間《れんしゅうじかん》なんだ。」

中島《なかじま》が、木陰《こかげ》で休《やす》んでる男子《だんし》バスケ部員《ぶいん》を指《ゆび》さす。

どこの運動部《うんどうぶ》も、練習場所《れんしゅうばしょ》の確保《かくほ》では苦労《くろう》している。野球部《やきゅうぶ》だって、グラウンドがもっと広《ひろ》かったら、ぼくが駄菓子屋《だがしや》前《まえ》で守備《しゅび》につく必要《ひつよう》はないんだ。

そんなことを考《かんが》えていたら、ハルの気配《けはい》がない。

どこへ行《い》った？

ぼくは、手榴弾《しゅりゅうだん》の安全《あんぜん》ピンを抜《ぬ》いてしまった気分《きぶん》を味《あじ》わう。ハルの奴《やつ》、おとなしくしてるだろうな……。

体育館《たいいくかん》の中《なか》を見《み》る。

ハルが、大《おお》きな体《からだ》を小《ちい》さくして、体育館《たいいくかん》の端《はし》を移動《いどう》している。彼女《かのじょ》が目指《めざ》しているのは、体育館《たいいくかん》の隅《すみ》にほかの部員《ぶいん》のバッグといっしょに置《お》かれている水島《みずしま》のスポーツバッグ。

練習《れんしゅう》に集中《しゅうちゅう》している運動部員《うんどうぶいん》は、ハルのことに気《き》づいてない。

よし、その調子《ちょうし》だ！　こっそりＤＶＤ《ディーブイディー》を返《かえ》し、人知《ひとし》れず体育館《たいいくかん》から出《で》てくるんだぞ！

ぼくは、心《こころ》の中《なか》で声援《せいえん》を送《おく》る。ハルを応援《おうえん》するなんて、今《いま》まで考《かんが》えられない事態《じたい》だし、今後《こんご》そんなことが起《お》きないことを願《ねが》うばかりだ。

すると、ハルが、ぼくに気《き》づいた。

そして、なにを思《おも》ったのか、ぼくに向《む》かって手《て》を振《ふ》る。不幸《ふこう》だったのは、その手《て》にＤＶ《ディーブイ》Ｄ《ディー》のケースが握《にぎ》られていたことと、アイスを食《た》べたあとに手《て》を洗《あら》ってなかったのでヌルヌルしていたこと。

ＤＶＤ《ディーブイディー》のケースが、バスケットコートに侵入《しんにゅう》。

ホイッスルが鳴《な》り、部員《ぶいん》の動《うご》きが止《と》まった。

ハルの反応《はんのう》は速《はや》かった。素早《すばや》く立《た》ち上《あ》がり、ドアに向《む》かってダッシュ。

しかし、反応速度《はんのうそくど》では、バスケ部《ぶ》も負《ま》けていない。四人《にん》の部員《ぶいん》が、ドアの前《まえ》に立《た》ちふさがる。両手《りょうて》を広《ひろ》げ腰《こし》を落《お》とした、完璧《かんぺき》なディフェンスだ。

「えーっと……。」

逃《に》げ道《みち》をなくしたハルが頭《あたま》をかく。そして、ディフェンス陣《じん》の中《なか》に水島葵《みずしまあおい》を見《み》つけると手《て》を振《ふ》った。

「水島《みずしま》さん、DVD《ディーブイディー》ありがとう！　もっのすごく、おもしろかったよ！　バッグに入《い》れておこうと思《おも》ったんだけど、手《て》が滑《すべ》っちゃってさ――。そこにあるから。」

ハルが、コートに落《お》ちてるDVD《ディーブイディー》ケースを指《ゆび》さす。

みんなの視線《しせん》が、ケースに移《うつ》った。ハルは、その隙《すき》を見《み》のがさない。ドアの前《まえ》の部員《ぶいん》をすり抜《ぬ》け、脱出《だっしゅつ》しようとした。

しかし――。

ハルの動《うご》きが止《と》まった。

彼女《かのじょ》の前《まえ》に、四番《ばん》のビブスをつけた女子《じょし》が立《た》ちふさがってる。

頭《あたま》ひとつ、ハルより背《せ》が低《ひく》い。さっきの女子《じょし》のように、両手《りょうて》を広《ひろ》げたりしていない。自然《しぜん》に立《た》っているだけ。

でも、ハルが動《うご》けば、影《かげ》のように離《はな》れないと思《おも》わせる。

ハルも、相手《あいて》のレベルがわかったのか、無言《むごん》で相手《あいて》を見《み》ている。

「さすが、有村《ありむら》キャプテン。どんなときも、油断《ゆだん》してない……。」

ぼくの後《うし》ろで、中島《なかじま》が解説《かいせつ》してくれる。ちなみに彼《かれ》も、ぼくより頭《あたま》ひとつ背《せ》が高《たか》い。

有村《ありむら》キャプテンが、右手《みぎて》をあげた。それを合図《あいず》に、女子部員《じょしぶいん》がハルをとり囲《かこ》む。

ハル、絶体絶命《ぜったいぜつめい》。

ため息《いき》をついてから、ハルが口《くち》を開《ひら》いた。

「DVD《ディーブイディー》も返《かえ》したし、昼《ひる》ご飯《はん》を食《た》べに行《い》きたいんだけど——。」

自分《じぶん》をとり囲《かこ》む女子部員《じょしぶいん》を見回《みまわ》すハル。

何人《なんにん》かが、その眼力《がんりき》に負《ま》けてあとずさる。

「そんなに嫌《きら》わないでほしいわね。」

笑顔《えがお》で、有村《ありむら》キャプテンが言《い》った。

そして足下《あしもと》のボールを拾《ひろ》い、ハルに見《み》せる。

「ちょっと遊《あそ》んでいかない？　バスケ、おもしろいわよ。」

「いやぁ、興味《きょうみ》なくって——。」

ハルは、へらへらした口調《くちょう》で答《こた》える。口元《くちもと》は笑《わら》ってるんだけど、目《め》が笑《わら》ってない。

――空腹《くうふく》で、怒《おこ》りっぽくなってるな……。

ぼくは、時限爆弾《じげんばくだん》のタイマーがカウントダウンされているのを感《かん》じる。

「聞《き》き飽《あ》きたかもしれないけど、もう一度《いちど》言《い》うわ。桜木《さくらぎ》さん、バスケ部《ぶ》に入《はい》らない？」

「聞《き》き飽《あ》きたかもしれないけど、もう一回《いっかい》だけ答《こた》えてやる。入《はい》らない！」

即答《そくとう》するハル。

言葉《ことば》は似《に》てるけど、品《ひん》のよさが段《だん》ちがいだ。

「だいたい、なんで、そんなにわたしに入《はい》ってもらいたいの？　わたし、バスケットボールなんてやったことないよ。」

「背《せ》が高《たか》い。バスケやるには、なによりの武器《ぶき》よ。」

有村《ありむら》キャプテンの言葉《ことば》どおり、ハルは、女子《じょし》バスケ部《ぶ》の誰《だれ》よりも背《せ》が高《たか》い。

ハルが手《て》を伸《の》ばし、有村《ありむら》キャプテンの頭《あたま》に、ポンとのせた。

「バスケットボールって、身長《しんちょう》で勝負《しょうぶ》が決《き》まるんだ。そんな単純《たんじゅん》なスポーツ、よくやってるね。」

「………」

「まず、自分《じぶん》が背《せ》を伸《の》ばしたら？　牛乳《ぎゅうにゅう》飲《の》んで煮干《にぼ》し食《た》べたら、伸《の》びるかもね。」

まわりの女子部員《じょしぶいん》が、キャプテンをバカにされてざわつく。

それに対《たい》し、ハルは自然体《しぜんたい》で立《た》っている。

女子部員《じょしぶいん》たちが動《うご》いたら、自分《じぶん》をとり囲《かこ》んでる輪《わ》に隙間《すきま》ができる。そこをついて、脱出《だっしゅつ》する。――これが、ハルの考《かんが》えだろう。

「静《しず》かに――。」

有村《ありむら》キャプテンの声《こえ》で、空気《くうき》が静《しず》まった。自分《じぶん》の頭《あたま》から、やんわりとハルの手《て》をはずし、言《い》う。

「あなたの気持《きも》ちは、わかったわ。でもね、あなたは、他《ほか》の人《ひと》が持《も》ってないものを与《あた》えられてるの。わたしみたいに持《も》ってない者《もの》は、あなたがうらやましくて仕方《しかた》ないわ。」

「………」

「わたしが、あなたぐらい身長《しんちょう》があったら、もっともっとバスケが好《す》きになるのにね――。」

「それは、ゴシューショサマ——。」

ハルが、口《くち》を押《お》さえる。

どうやら、言《い》い慣《な》れない言葉《ことば》を言《い》おうとして、舌《した》をかんだみたいだ。

有村《ありむら》キャプテンが、ボールをつく。

「ねぇ、ワンオンワンやらない？　身長《しんちょう》だけで勝負《しょうぶ》が決《き》まるほど、バスケは単純《たんじゅん》じゃないってこと、教《おし》えてあげるわ。そして、あなたが勝《か》ったら、もう二度《にど》とバスケ部《ぶ》に誘《さそ》わない。」

どう？　って表情《ひょうじょう》で、ハルを見《み》る。

おお、なんだか熱《あつ》い展開《てんかい》になってきた！　ぼくは、こういう展開嫌《てんかいきら》いじゃない。

ハルは、腕《うで》を組《く》んで考《かんが》える。そして、有村《ありむら》キャプテンにきいた。

「ワンオンワンってなに？」

……考《かんが》えていたのは、そこか。

「一対《たい》一の勝負《しょうぶ》よ。わたしがディフェンスするから、あなたがゴールを狙《ねら》う。ゴールできたら、あなたの勝《か》ち。ボールをうばったら、わたしの勝《か》ち。」

有村《ありむら》キャプテンの話《はなし》に、またハルは腕《うで》を組《く》んだ。

三分《ぷん》ほど無言《むごん》で考《かんが》えたあと、口《くち》を開《ひら》く。

「二対《たい》二なら、勝負《しょうぶ》してもいいよ。」

ハルが、勝負《しょうぶ》を受《う》けた。

ぼくは、熱《あつ》い展開《てんかい》にワクワクする。

あれ？

ハルが、ぼくを手招《てまね》きしてる。なんだ？

「ヌク、手伝《てつだ》って。」

「え……えぇ～！」

おどろいたぼくは、助《たす》けを求《もと》めて、まわりを見回《みまわ》す。みんな、サッと目《め》をそらす。

「いや、ぼくは野球部《やきゅうぶ》だし、バスケなんかやったことないし……。」

あたふたと言《い》い訳《わけ》するが、誰《だれ》も聞《き》いてくれてないような気配《けはい》。

「それに、そろそろ女子《じょし》バスケ部《ぶ》は男子《だんし》バスケ部《ぶ》と交代《こうたい》しないといけないんじゃないかな？　残念《ざんねん》だけど、勝負《しょうぶ》してる時間《じかん》はないだろ？」

「気《き》にしなくていいぞ。勝負《しょうぶ》が終《お》わるまで、女《じょ》バスにコートは譲《ゆず》るよ。」

ものすごく邪魔《じゃま》な発言《はつげん》が聞《き》こえた。

中島《なかじま》を見《み》ると、

「今《いま》のは、男《だん》バスキャプテンの黒井《くろい》さん。」

説明《せつめい》してくれた。ぼくは、話《はな》したこともない黒井《くろい》さんに、激《はげ》しい恨《うら》みを持《も》った。

熱《あつ》い展開《てんかい》が、好《す》きだ。正確《せいかく》に書《か》くと、〝自分《じぶん》には関係《かんけい》ないところでくり広《ひろ》げられる〟熱《あつ》い展開《てんかい》が、好《す》きだ。

――なんで、こんなことになったんだろう?

ぼくは、バスケットシューズを履《は》いた足《あし》を見《み》て、考《かんが》える。女子部員《じょしぶいん》に借《か》りたシューズだけど、哀《かな》しいことにピッタリだ。

「がんばろうな、ヌク。」

ハルの足下《あしもと》は、靴下《くつした》を脱《ぬ》いだ裸足《はだし》。服《ふく》も、制服姿《せいふくすがた》のまま。

ぼくは、深呼吸《しんこきゅう》してからきく。

「どうして、ぼくを巻《ま》きこんだんだ？」

「勝負《しょうぶ》する以上《いじょう》、負《ま》けたくない。勝《か》つためには、どうすればいいか？　考《かんが》えた結果《けっか》、ヌクが仲間《なかま》だったら勝《か》てるって答《こた》えが出《で》たの。」

「相手《あいて》が、女子《じょし》バスケ部《ぶ》のキャプテンと副《ふく》キャプテンでも？」

「大丈夫《だいじょうぶ》、勝《か》てるよ。」

自分《じぶん》の頭《あたま》を、指《ゆび》でコンコンと叩《たた》くハル。

どこをどんなふうに考《かんが》えたら、そんな結果《けっか》が出《で》るのか？　じつに不思議《ふしぎ》だ。

でも、誰《だれ》かから必要《ひつよう》とされるのは悪《わる》くない気分《きぶん》だ。

あと、重要《じゅうよう》なことを確認《かくにん》しなくては――。

「ハルはバスケのルールって知《し》ってるのか？」

首《くび》を横《よこ》に振《ふ》るハル。

ここは、簡単《かんたん》に説明《せつめい》しておいたほうがよさそうだ。

「攻撃側《こうげきがわ》は、ボールをドリブルしてゴールを狙《ねら》う。ボールを持《も》ったら、そこから三歩以上《ぽいじょう》歩《ある》いちゃいけない。ただ、ピボットって言《い》って、片足《かたあし》を動《うご》かさなかったら、もう片方《かたほう》の足《あし》は何歩動《なんぽうご》かしてもいいんだ。」

見本《みほん》を見《み》せようかと思《おも》ったんだけど、できないのでやめた。

細目《ほそめ》で見《み》てくるハルに、ぼくは胸《むね》をはる。

「知《し》ってることと、できることは、イコールではない！」

なかなか名言《めいげん》だと思《おも》った。

ハルが、頭《あたま》をかく。

「ルールは、いいよ。どうせ、ドリブルなんか、やろうと思《おも》ってもできないんだし――。」

「だったら、どうやって勝《か》つつもりだ？」

ドリブルせずに、ゴール下《した》までボールを運《はこ》ぶのは、不可能《ふかのう》だ。

すでに、有村《ありむら》キャプテンと副《ふく》キャプテンが、ゴール下《した》で守備《しゅび》についている。

ハルが、長《なが》い体《からだ》を折《お》り曲《ま》げ、ぼくの耳《みみ》に口《くち》を寄《よ》せる。少《すこ》し、くすぐったい。

「まず、開始《かいし》の合図《あいず》と同時《どうじ》に、ヌクはゴール下《した》に全力《ぜんりょく》で走《はし》る。そこへ、わたしがボールを投《な》げる。ヌクは、なにも考《かんが》えず、ボールに向《む》かって突《つ》っこむ。――突《つ》っこむのは得意《とくい》でしょ？」

ぼくは、うなずく。

「で、キャッチしたボールを、ゴール下《した》に走《はし》りこんでくるハルにパスすればいいんだな？」

この質問《しつもん》に、ハルは微笑《ほほえ》んだまま、答《こた》えない。

しかし、ハルにしては、よく考《かんが》えられた作戦《さくせん》じゃないか？　これなら、ドリブルしなくても、ゴールを狙《ねら》える。

「作戦会議《さくせんかいぎ》は、終《お》わった？」

有村《ありむら》キャプテンにきかれ、ぼくらはうなずき、センターラインに立《た》つ。

女子部員《じょしぶいん》がホイッスルを吹《ふ》いた。

「走《はし》れ、ヌク！」

ぼくは、全力《ぜんりょく》でゴール下《した》に向《む》かって走《はし》る。哀《かな》しいことに、有村《ありむら》キャプテンも副《ふく》キャプテンも、ぼくの動《うご》きを無視《むし》している。

「どりゃあ！」

ハルが投《な》げたボールは、走《はし》るぼくの頭上《ずじょう》を越《こ》え、ゴールに向《む》かって一直線《いっちょくせん》。

あれ？

ぼくにパスするんじゃなかったのか？

有村《ありむら》キャプテンも副《ふく》キャプテンもボールに手《て》を伸《の》ばすが、彼女《かのじょ》たちの予想《よそう》を超《こ》える高《たか》さとスピードでボールは飛《と》び、ゴールのバックボードにあたって跳《は》ね返《かえ》る。

「ヌク、そのまま突《つ》っこめ！」

ハルに言《い》われるまま、走《はし》る。

跳《は》ね返《かえ》ったボールが、ぼくに向《む》かって飛《と》んでくる。

ぼくは、駄菓子屋前《だがしやまえ》での守備《しゅび》を思《おも》い出《だ》す。

――ボードにあたったバスケットボールは、アスファルトで跳《は》ね返《かえ》った野球《やきゅう》ボールと同《おな》じ！

両手《りょうて》を広《ひろ》げ、ボールをキャッチ――しようとしたが……。

バスケットボールは、野球《やきゅう》のボールより遥《はる》かに大《おお》きい。重《おも》いボールが、ぼくの顔面《がんめん》を直《ちょく》撃《げき》した。

そして、ボールはゴールリングに向《む》かってフラフラと上《あ》がる。

「ナイスパス！」

ゴール下《した》に走《はし》ってきたハルが叫《さけ》ぶけど、ぼくはパスした覚《おぼ》えはない……。

のけぞって倒《たお》れるぼくの視界《しかい》に、ボールに向《む》かってジャンプする三人《にん》の姿《すがた》が入《はい》る。

「おおー！」

有村《ありむら》キャプテンも副《ふく》キャプテンも、ボールに向《む》かって飛《と》んでいるが、ジャンプの高《たか》さも伸《の》ばした手《て》も、ハルには敵《かな》わない。

ハルの左手《ひだりて》が、ボールをポンと押《お》した。

ボールが、ゴールリングを通過《つうか》する。

体育館《たいいくかん》に、ホイッスルが響《ひび》く。

――勝《か》った……。

みんな言葉《ことば》がない。特《とく》に、有村《ありむら》キャプテンは、ゴール下《した》に倒《たお》れこんでいる。

ハルの動《うご》きにおどろいて、なにを言《い》ったらいいのかわからないのだ。

そのハルはというと……あまりうれしそうじゃない。どちらかというと、寂《さび》しそうな感《かん》じに見《み》える。

ハルが、チラッと有村《ありむら》キャプテンを見《み》てから、ぼくに言《い》った。

「帰《かえ》ろ、ヌク。」

そのまま、体育館《たいいくかん》を出《で》ていく。

ぼくは、借《か》りていたシューズを返《かえ》し、あわててハルを追《お》いかけた。


すたすたと、ぼくの前《まえ》を歩《ある》いているハル。

ぼくは、かなりの早足《はやあし》で、そのあとにつく。

「どうしたんだよ、ハル?」

声《こえ》をかけても、無視《むし》される。

ぼくは、不思議《ふしぎ》だった。ハルの性格《せいかく》から考《かんが》えて、勝負《しょうぶ》に勝《か》ったら、喜《よろこ》び大爆発《だいばくはつ》って感《かん》じになると思《おも》ってたのに……。

それに、これでバスケ部《ぶ》に誘《さそ》われることもなくなった。もっと喜《よろこ》んでもいいはずなのに。それとも、本当《ほんとう》はバスケがしたかったのかな……。

ハルの足《あし》が、ぴたっと止《と》まる。ぼくは、その大《おお》きな背中《せなか》に鼻《はな》をぶつける。

「……アイス食《た》べたい。」

駄菓子屋《だがしや》の前《まえ》で、ボソッとつぶやくハル。

「梅《うめ》バアチャン、ホームランバー二本《ほん》ちょうだい。お金《かね》は、練習《れんしゅう》が終《お》わったら持《も》ってくるから。」

ぼくは、店《みせ》の奥《おく》に声《こえ》をかけ、冷凍庫《れいとうこ》からホームランバーを二本出《ほんだ》す。

これで、ホームランバー四本《ほん》……。ぼくの小遣《こづか》いメーターは、レッドゾーンに入《はい》ろうとしている。

「ほら――。」

ベンチに座《すわ》ってるハルに一本《ぽん》わたし、ぼくは隣《となり》に座《すわ》る。

――しかし、なにをやってんのかな……。

早送《はやおく》りの映像《えいぞう》を見《み》てるようなスピードでとけるホームランバーをなめながら、考《かんが》える。

――野球部《やきゅうぶ》の練習中《れんしゅうちゅう》なのに、バスケやったりアイス食《た》べたり……。こんなんじゃ、いつまでたっても、レギュラーになれないな。

そして、諸悪《しょあく》の根源《こんげん》は、ぼくの横《よこ》でおとなしくホームランバーをなめている。

――はっ！　そういえば、ホームランバーの礼《れい》を言《い》ってもらってないぞ。それに、バスケの勝負《しょうぶ》を手伝《てつだ》ってやったことへの礼《れい》も――。

ぼくが、礼《れい》を要求《ようきゅう》するために口《くち》を開《あ》けた瞬間《しゅんかん》、ハルが先《さき》に言《い》った。

「ヌクは、大《おお》きくなりたい？」

「………」

突然《とつぜん》の質問《しつもん》に戸惑《とまど》いながらも、ぼくは答《こた》える。

「そりゃ、大《おお》きくなりたいよ。贅沢言《ぜいたくい》わないけど、あと二十センチぐらい大《おお》きかったら、ぼくは確実《かくじつ》にレギュラーになってるね。」

「それ、かなり贅沢《ぜいたく》だと思《おも》うよ。」

ハルが、微笑《ほほえ》んだ。なんだか、久《ひさ》しぶりに彼女《かのじょ》の笑顔《えがお》を見《み》たような気《き》がする。

うん、大雑把《おおざっぱ》な性格《せいかく》で生意気《なまいき》で礼儀知《れいぎし》らずだけど、元気《げんき》に笑《わら》ってるほうがハルには似合《にあ》ってる。

ぼくの顔《かお》をのぞきこむようにして、ハルがきく。

「じゃあ、わたしがうらやましい？」

しばらく考《かんが》えてから、ぼくは答《こた》える。

「あんまりうらやましくないかもな。」

「どうして？」

「だって、ぼくは好《す》きなことを思《おも》いっきりやってるけど、ハルは、そんな感《かん》じがしないから——。」

「………。」

「好《す》きなことができない。なのに、やりたくないことをやれって言《い》われる。それで、ハルはイライラしてるように見《み》えるんだ。それに比《くら》べたら、ぼくは、やりたいことをやれてるからね。」

「………。」

「好《す》きな野球《やきゅう》をやりたいだけやれるぼくを、ハルのほうがうらやましく思《おも》ってるんじゃないのか？」

「駄菓子屋前《だがしやまえ》のポジション……あんまりうらやましくないよ。」

ハルの言葉《ことば》を、ぼくは訂正《ていせい》する。

「正確《せいかく》に言《い》うと、〝今《いま》は〟駄菓子屋前《だがしやまえ》だ。将来的《しょうらいてき》には、レギュラーポジションを狙《ねら》ってる。」

ハルが、本当《ほんとう》に楽《たの》しそうに微笑《ほほえ》む。

そして、なめ終《お》えたアイスの棒《ぼう》を、ぼくにわたした。『1本《ぽん》あたり』の文字《もじ》がある。

「ヌクにあげる。」

……いや、もともとぼくのお金《かね》で買《か》ったものだけど。

立《た》ち上《あ》がるハル。大《おお》きく伸《の》びをして、言《い》う。

「お腹《なか》すいたから、ご飯《はん》食《た》べてくる。ヌクも、食《た》べてきなよ。そして、一時《じ》に駄菓子屋前《こ》《こ》に集合《しゅうごう》ね。」

——え？　なんだよ、集合《しゅうごう》って？

きき返《かえ》そうと口《くち》を開《ひら》いたときには、もうハルは走《はし》り出《だ》していた。

この炎天下《えんてんか》、陽炎《かげろう》をブッ飛《と》ばすようなスピードで走《はし》るハルを見《み》て、初《はじ》めてもったいないと思《おも》った。

――あの走《はし》りを見《み》たら、今度《こんど》は陸上部《りくじょうぶ》が声《こえ》をかけてくるんじゃないかな……。

すると、ハルが消《き》えた道《みち》の先《さき》から、大《おお》きな人影《ひとかげ》が近《ちか》づいてきた。

「なんだ、ヌク？　まだ着替《きか》えてなかったのか？」

学生服《がくせいふく》の直樹君《なおきくん》だ。

ああ、もう練習《れんしゅう》終《お》わったのか……。

直樹君《なおきくん》は、梅《うめ》バアチャンからスポーツドリンクの一・五リットルサイズを買《か》うと、店《みせ》の前《まえ》のベンチに座《すわ》った。

部室《ぶしつ》に行《い》こうとしたぼくの足《あし》が止《と》まる。

そうだ、伝言《でんごん》を預《あず》かってたんだ。

「小川《おがわ》さんから、伝言《でんごん》。『約束忘《やくそくわす》れないでね。』って――。」

「ヤクソク……？」

キョトンとした顔《かお》の直樹君《なおきくん》。

言《い》うことは言《い》ったので、ぼくの役目《やくめ》はすんだ。早《はや》いところ部室《ぶしつ》に行《い》こうとしたら、足《あし》が動《うご》かない。それどころか、体《からだ》が宙《ちゅう》に浮《う》く。

これは、反重力《はんじゅうりょく》！

……じゃなかった。直樹君《なおきくん》が、ぼくのユニフォームをつかんで、引《ひ》っぱり上《あ》げてるんだ。

「まぁ、そう急《いそ》ぐな。おれが約束《やくそく》の中身《なかみ》を思《おも》い出《だ》すまで、つきあえ。」

「思《おも》い出《だ》すって……覚《おぼ》えてないの？」

「いや、なんかパルックが言《い》ってたのは記憶《きおく》にあるんだ。だけど、なにを言《い》ってたのか……。ヌク、知《し》らないか？」

知《し》るわけないだろ！

しかし、小川蛍《おがわほたる》との約束《やくそく》を忘《わす》れるなんて、これほど無責任《むせきにん》なことがあるだろうか。いや、ない！

ここは友《とも》だちとして、彼《かれ》の態度《たいど》を注意《ちゅうい》しないといけない！

ぼくの開《ひら》きかけた口《くち》に、直樹君《なおきくん》がペットボトルの飲《の》み口《くち》を突《つ》っこんでくる。

「おまえも飲《の》め。あんまり、水分補給《すいぶんほきゅう》してないんだろ。」

「……ありがとう。」

ぼくは、ちゃんとお礼《れい》を言《い》い、スポーツドリンクを飲《の》む。といっても、もうほとんど残《のこ》ってない。

ホームランバーの次《つぎ》に、スポーツドリンク。いくら汗《あせ》をかくといっても、こんなに水分《すいぶん》をとったら、お腹《なか》がチャプチャプする。

もっと体《からだ》を動《うご》かさないと――。

ぼくは、直樹君《なおきくん》に言《い》う。

「あのさ、お昼《ひる》から練習《れんしゅう》したいんだけど、つきあってくれない？」

「おまえ、本当《ほんとう》に野球好《やきゅうす》きだな……。」

ため息《いき》をつく直樹君《なおきくん》。

うん、自分《じぶん》でも少《すこ》しあきれてるぐらいだ。

でも、うまくなってレギュラーになるためには、もっと練習《れんしゅう》しないとね！

「そういや、バスケ部《ぶ》の奴《やつ》に聞《き》いたんだけど、道場破《どうじょうやぶ》りがあらわれたそうだぞ。」

道場破《どうじょうやぶ》り……？

「男《おとこ》と女《おんな》の二人組《ふたりぐみ》が、女《じょ》バスのキャプテンと副《ふく》キャプテンを蹴散《けち》らして、ゴールを決《き》めたそうだぜ。すごいな。」

……そうか、そんなふうに伝《つた》わってるのか。

ぼくは、噂《うわさ》が伝《つた》わる間《あいだ》に、どんなふうに変化《へんか》するのかを実感《じっかん》した。心《こころ》の中《なか》で直樹君《なおきくん》に、「噂《うわさ》を信《しん》じちゃいけないよ。」と、歌《うた》ってあげる。

「あっ、あああ〜！」

突然《とつぜん》、直樹君《なおきくん》が立《た》ち上《あ》がった。

暑《あつ》さのせいで、とうとうおかしくなったのか？

駄菓子屋前《だがしやまえ》には、ピンクの公衆電話《こうしゅうでんわ》が置《お》いてある。警察《けいさつ》と救急車《きゅうきゅうしゃ》は、十円玉《えんだま》を入《い》れなくてもかけることができる。

受話器《じゅわき》を持《も》ったぼくに、直樹君《なおきくん》が、

「すまん、約束《やくそく》を思《おも》い出《だ》した。わるいが、練習《れんしゅう》にはつきあえん。お詫《わ》びに、これをやるから、勘弁《かんべん》しろ。」

ちょびっとしか残《のこ》ってないペットボトルを押《お》しつけ、走《はし》っていく。

なんなんだ……？

誰《だれ》もいないグラウンドに、ぼくは立《た》つ。

この炎天下《えんてんか》で、練習《れんしゅう》しているクラブはない。

ぼくらの学校《がっこう》は高台《たかだい》にあるので、少《すこ》しだけど空《そら》に近《ちか》い感《かん》じがする。連《つら》なる屋根《やね》の向《む》こうから、わきたつ入道雲《にゅうどうぐも》。のしかかってくるような迫力《はくりょく》に、ぼくは足《あし》に力《ちから》をこめる。

よし、やるぞ！

ぼくはスポーツバッグの中《なか》からグローブとボールを出《だ》し、地面《じめん》に並《なら》べる。バットを持《も》って、練習内容《れんしゅうないよう》を頭《あたま》の中《なか》で確認《かくにん》する。

ぼくの課題《かだい》は、なんといっても守備《しゅび》。次《つぎ》に、打撃《だげき》。そして走塁《そうるい》。これらを一度《いちど》に鍛《きた》える練習方法《れんしゅうほうほう》だ。

まず、バットとボールを持《も》ち、フライを打《う》つ。素早《すばや》くバットを置《お》いてグローブをはめ、ボールの落下地点《らっかちてん》に走《はし》る。そして、キャッチ！

完璧《かんぺき》だ！

また一歩《ぽ》、レギュラーに近《ちか》づいたような気《き》がする。

バットを持《も》ち、軽《かる》くボールを上《あ》げ、振《ふ》る！

……空振《からぶ》り。

地面《じめん》に落《お》ちたボールを拾《ひろ》い上《あ》げ、また同《おな》じようにバットを振《ふ》る。

……空振《からぶ》り。

十回《かい》ほど空振《からぶ》りすると、体《からだ》がほぐれてきた。よし、ウォーミングアップ終了《しゅうりょう》！

——いよいよ、本番《ほんばん》だ。

ぼくは気合《きあい》を入《い》れ直《なお》し、バットを持《も》ち、ボールを上《あ》げて振《ふ》る。

「ヌク！」

ハルの声《こえ》におどろいたぼくは、空振《からぶ》りしてしまった。そう、空振《からぶ》りしたのは、あくまでも声《こえ》におどろいたからだ。

「なんだよ！　また練習《れんしゅう》の邪魔《じゃま》しに来《き》たのか！」

そう言《い》おうとしたんだが、その前《まえ》に、

「なんで、こんなとこにいんのよ！　集合《しゅうごう》は、駄菓子屋前《だがしやまえ》に一時《じ》って言《い》ったでしょ！」

ああ……そういや、そんなこと言《い》ってたような気《き》がする。

「まったく、この暑《あつ》いのに、どれだけ探《さが》したと思《おも》ってんのよ！」

「ごめん。」

謝《あやま》ってから気《き》づいた。

――どうして、謝《あやま》らなければいけないんだ。だいたい、一時《じ》に行《い》くって約束《やくそく》した覚《おぼ》えはないぞ！

「まぁ、いいわ。それより、行《い》くわよ。」

ハルが、ぼくの腕《うで》をつかむ。

「ちょ、待《ま》てよ。ぼくは今《いま》、野球《やきゅう》の練習《れんしゅう》をしてるとこなんだぞ！」

「空振《からぶ》りの練習《れんしゅう》なら、べつに学校《がっこう》のグラウンドじゃなくても、できるじゃん。」

なんて失礼《しつれい》な言《い》い方《かた》だ。

「ぼくがやってたのは、空振《からぶ》りの練習《れんしゅう》じゃない！」

そして、ぼくの考《かんが》えた練習方法《れんしゅうほうほう》が、いかに効果的《こうかてき》で素晴《すば》らしいものかを説明《せつめい》した。

「どんないい練習方法《れんしゅうほうほう》でも、バットにボールがあたらなかったら、話《はなし》にならないじゃん。

それより潔《いさぎよ》く、素振《すぶ》りの練習《れんしゅう》したら？」

「さっきの空振《からぶ》りは、おまえの声《こえ》におどろいたからだからな。」

「わたし、五分《ふん》ぐらい前《まえ》から、ずっとヌクを見《み》てたんだよ。その間《あいだ》、一回《いっかい》もあたらなかったけど……。」

そうか、見《み》られてたのか……。

ぼくは、もう言《い》い返《かえ》す言葉《ことば》がない。真《ま》っ白《しろ》な灰《はい》になった気分《きぶん》だ。

「じゃあ、行《い》こうね。」

手早《てばや》くボールやグローブを片《かた》づけたハルは、ぼくとスポーツバッグを自転車《じてんしゃ》の荷台《にだい》にのせた。


「で、どこへ連《つ》れていかれるのかな？」

自転車《じてんしゃ》に乗《の》せられたぼくが言《い》う。

「夏休《なつやす》みなんだよ！　太陽《たいよう》がギラギラしてるんだよ！　そして、わたしたちは中学生《ちゅうがくせい》！　市民《しみん》プール以外《いがい》に、行《い》くとこないでしょ！」

市民《しみん》プール……？

「ひょっとして、泳《およ》ぐのか？」

「プールで、それ以外《いがい》にすることある？」

ハルの答《こた》えは、もっともだ。

市民《しみん》プールへ行《い》く以上《いじょう》、泳《およ》ぐという行動《こうどう》が正解《せいかい》だ。しかし、どうしてぼくが泳《およ》がなくてはいけないかという問題《もんだい》が残《のこ》ってる。

そのことをきいたら、

「さっきも言《い》ったけど、中学生《ちゅうがくせい》が夏休《なつやす》みに泳《およ》がないなんて、日本文化《にほんぶんか》の破壊《はかい》ね。」

日本文化《にほんぶんか》まで持《も》ち出《だ》されたら、反論《はんろん》できない。それに、考《かんが》えてみたら、夏休《なつやす》みに入《はい》ってから一度《いちど》も泳《およ》いでない。

小学生《しょうがくせい》のときは、毎日《まいにち》、学校《がっこう》のプールや川《かわ》で泳《およ》いでたのに……。よし、ここは小学生《しょうがくせい》のころを思《おも》い出《だ》して、思《おも》いっきり泳《およ》ぐぞ！

しかし、どうしてハルと一緒《いっしょ》に泳《およ》がないといけないのかは、納得《なっとく》のいく答《こた》えが見《み》つからなかった。

市民《しみん》プールには、たくさんの人《ひと》がいた。

ぼくは、受付《うけつけ》でレンタル水着《みずぎ》を申《もう》しこむ。赤地《あかじ》にハイビスカスの花《はな》が描《えが》かれた、ど派手《はで》なサーフパンツが出《で》てきた。

「もっと、おとなしい感《かん》じの水着《みずぎ》はありませんか？」

「申《もう》し訳《わけ》ありませんが、あなたのサイズでは、この水着《みずぎ》しか残《のこ》ってません。」

受付《うけつけ》の人《ひと》は、人工知能《AI》ではないかと思《おも》うくらい、感情《かんじょう》のない声《こえ》で言《い》った。

ハルは、小学生《しょうがくせい》のころに使《つか》っていたものだろう、紺色《こんいろ》の水着《みずぎ》。胸《むね》のところに『6年《ねん》1組《くみ》桜木陽《さくらぎはる》』と書《か》かれた白《しろ》い布《ぬの》が縫《ぬ》いつけられている。ぼく自身《じしん》、オシャレとは言《い》えないけど、いいのかな……？

「似合《にあ》ってるね、ヌク。」

ぼくのサーフパンツを見《み》て、ハルが微笑《ほほえ》む。

市民《しみん》プールとはいえ、ウォータースライダーや流《なが》れるプール、小《ちい》さい子《こ》どもが遊《あそ》べる浅《あさ》いプールなど、これでもかってぐらい整《ととの》っている。

更衣室《こういしつ》を出《で》たぼくらは、メインプールの前《まえ》に立《た》つ。

「泳《およ》ぐわよー！」

水《みず》を見《み》て興奮《こうふん》したのか、ハルは、念入《ねんい》りに準備体操《じゅんびたいそう》をしてるぼくを抱《かか》えると、プールの中《なか》に放《ほう》りこんだ。

「こらー、そこの女《おんな》の子《こ》！『飛《と》びこみ禁止《きんし》』の文字《もじ》が読《よ》めないのか！」

監視台《かんしだい》の上《うえ》から、サングラスをした監視員《かんしいん》に怒鳴《どな》られる。

「飛《と》びこんでないよ。放《ほう》りこんだだけ！」

反論《はんろん》するハルは、さらに怒《おこ》られる。

「危険《きけん》なのは同《おな》じだ！　それに、弟《おとうと》をいじめるな！」

……弟《おとうと》？　ひょっとして、ぼくのことか？

監視員《かんしいん》に反論《はんろん》する前《まえ》に、逃《に》げるハルが、ぼくの手《て》を引《ひ》っぱる。

「あんなに怒《おこ》らなくてもいいのにね。ちゃんと、人《ひと》がいない場所《ばしょ》を狙《ねら》って放《ほう》りこんだのに――。」

流《なが》れるプールまで逃《に》げたハルが、ブツブツ言《い》う。

6年1組
桜木 陽

「怒《おこ》られるのは、あたりまえだろ！　それに、ぼくを放《ほう》りこむな！」

ぼくの注意《ちゅうい》を、ハルは受《う》け流《なが》す。

「監視員《かんしいん》の人《ひと》、ヌクのことを弟《おとうと》と勘《かん》ちがいしてたね。ハハ、笑《わら》える。」

「…………」

ぼくは、笑《わら》えない。

もう、なにも言《い》う気《き》になれない。

ぼくは、ため息《いき》をついて、流水《りゅうすい》プールで遊《あそ》んでる人《ひと》を見《み》る。たくさんの人《ひと》が、流《なが》れに乗《の》って楽《たの》しそうだ。中《なか》には、流《なが》れに逆《さか》らって泳《およ》ごうとしてる小学生《しょうがくせい》もいる。

はしゃぐ声《こえ》や水《みず》の音《おと》までが、太陽《たいよう》の光《ひかり》を浴《あ》びてキラキラして聞《き》こえる。

それらの音《おと》が、タンクトップ風《ふう》の水着《みずぎ》をつけた女《おんな》の子《こ》が浮《う》き輪《わ》に乗《の》って流《なが》れてくるのを見《み》た瞬間《しゅんかん》、リモコンの消音《しょうおん》ボタンを押《お》したかのように消《き》えた。

小川蛍《おがわほたる》だ。

まわりの女性《じょせい》が十二色《しょく》の色鉛筆《いろえんぴつ》で色塗《いろぬ》りされてるとすると、彼女《かのじょ》だけは百六十色《しょく》の色鉛《いろえん》筆《ぴつ》で塗《ぬ》られてるように見《み》える。

そして、彼女《かのじょ》の乗《の》った浮《う》き輪《わ》をビート板《ばん》のように持《も》って、バタ足《あし》してる男《おとこ》の子《こ》――直樹《なおき》君《くん》だ。

ぼくのほうを直樹君《なおきくん》が見《み》る。

一瞬《いっしゅん》、彼《かれ》の顔《かお》が引《ひ》きつる。でも、すぐに笑顔《えがお》に戻《もど》ると、ぼくに軽《かる》く手《て》をあげて、流《なが》れていく。

ぼくも、引《ひ》きつった笑顔《えがお》で手《て》をあげる。

「あれ？　あのカップルの女《おんな》の子《こ》、ヌクの知《し》りあいじゃない？」

ハルが、小川蛍《おがわほたる》に向《む》かって手《て》を振《ふ》ろうとする。

ぼくは、その手《て》をつかむと、急《いそ》いで流水《りゅうすい》プールから離《はな》れた。

「なにすんのよ！」

メインプールまで引《ひ》きずられたハルが、文句《もんく》を言《い》う。

「それは、こっちの台詞《せりふ》だ。なんで、手《て》を振《ふ》ろうとするんだよ！」

「知《し》りあいなんだから、挨拶《あいさつ》してもいいじゃない！」

「二人《ふたり》で楽《たの》しんでるところ、邪魔《じゃま》しちゃ悪《わる》いだろ！」

言《い》いながら、哀《かな》しくなってくる。

――なんで、こんな説明《せつめい》をしなきゃいけないんだ……。

ハルが、理解《りかい》したというように、ポンと手《て》を打《う》つ。

「ああ、そうか、そうだよね。デート中《ちゅう》に邪魔《じゃま》しちゃ悪《わる》いわ。」

「……………」

〝デート〟という言葉《ことば》が、鋭《するど》い右《みぎ》フックのように、ぼくに襲《おそ》いかかる。

「でも、あの二人《ふたり》、いい感《かん》じだったよね。〝お似合《にあ》いのカップル〟って言葉《ことば》がピッタリだったわ。」

「……………」

ダメだ、涙《なみだ》が出《で》てきた……。

「ねぇ、ヌクも、そう思《おも》うでしょ？」

ハルが、ぼくの顔《かお》をのぞきこむ。そして、ぼくを抱《かか》えると、またプールに放《ほう》りこんだ。

「こらー、そこの！　まだわからないのか！」

水《みず》に沈《しず》むガボガボという音《おと》に混《ま》じって、監視員《かんしいん》の怒《おこ》ってる声《こえ》が聞《き》こえる。

――ありがとう、ハル。

ぼくは、心《こころ》の中《なか》で礼《れい》を言《い》う。

――水《みず》の中《なか》だったら、泣《な》いても涙《なみだ》をごまかせるからね……。


気《き》がついたら、河川敷《かせんしき》の土手《どて》に座《すわ》っていた。

横《よこ》には、ハルが大《だい》の字《じ》で寝転《ねころ》んでいる。

あのあと、どうやってプールを出《で》たか覚《おぼ》えてない。ひょっとすると、監視員《かんしいん》に追《お》い出《だ》されたのかもしれない。

河川敷《かせんしき》の空《あ》き地《ち》では、小学生《しょうがくせい》がサッカーをやってる。

「ごめんね、ヌク。」

ハルが、ボソッと言《い》った。

ぼくはおどろく。彼女《かのじょ》の辞書《じしょ》には、謝《あやま》る種類《しゅるい》と感謝《かんしゃ》する種類《しゅるい》の言葉《ことば》は載《の》ってないと思《おも》っていたからだ。

「あの娘《こ》のこと、好《す》きだったんだね？」

「まぁ、ダメなことはわかってたけどね。」

ぼくは、無理《むり》に明《あか》るい声《こえ》で答《こた》える。

「彼女《かのじょ》は、一緒《いっしょ》にいた男《おとこ》の子《こ》――直樹君《なおきくん》のことが好《す》きなんだ。直樹君《なおきくん》は、いい奴《やつ》……とは決《けっ》して言《い》えないけど、それでも彼女《かのじょ》にはいい奴《やつ》なんだから……うん、それでいい。」

「その直樹《なおき》って奴《やつ》を倒《たお》せば、彼女《かのじょ》はヌクのほうを見《み》てくれるんじゃない？」

ハルの考《かんが》え方《かた》は、弱肉強食《じゃくにくきょうしょく》の野生《やせい》の理論《りろん》。

ぼくは、首《くび》を横《よこ》に振《ふ》って、否定《ひてい》する。

「たしかに、そんなのヌクらしくないわね。」

ハルが、上半身《じょうはんしん》を起《お》こす。

「あのね、すごい秘密《ひみつ》を教《おし》えてあげようか――。」

ぼくの顔《かお》をのぞきこむハル。ぼくは、曖昧《あいまい》な笑顔《えがお》を返《かえ》す。

「わたしね、親以外《おやいがい》には言《い》ってないんだけど……マンガ描《か》いてるんだよ。」

恥《は》ずかしそうに言《い》ってから、ぼくの背中《せなか》をバンバン叩《たた》く。

大秘密《だいひみつ》を告白《こくはく》して、キャアキャア言《い》ってるハルには悪《わる》いんだけど、

「知《し》ってたよ、ハルがマンガ描《か》いてること。」

ぼくの言葉《ことば》に、キョトンとした顔《かお》になるハル。

「嘘《うそ》だぁ！　なんで、知《し》ってんのよ？」

「だってさ――。」

ぼくは、指《ゆび》を一本《ぽん》ずつ伸《の》ばし、理由《りゆう》を説明《せつめい》する。

「ハルは、右利《みぎき》きだろ。ボールを投《な》げるのに、右手《みぎて》を使《つか》ってた。なのに、バスケでゴールを決《き》めるとき、左手《ひだりて》でボールを押《お》した。どうして右手《みぎて》を使《つか》わなかったのか？　突《つ》き指《ゆび》するのが怖《こわ》かったからじゃないか？」

「じつは、わたし、ピアニスト目指《めざ》してるんだ。だから、突《つ》き指《ゆび》したくなくて――。」

すぐにバレる嘘《うそ》をつくハル。

「ピアノをやってるのなら、左手《ひだりて》も突《つ》き指《ゆび》したらマズイだろ。それに、他《ほか》の動作《どうさ》も、できるだけ左手《ひだりて》を使《つか》って右手《みぎて》を使《つか》わないようにしている。」

「…………。」

「なにより、ピアノを弾《ひ》いてて、大《おお》きなペンだこはできないよ。」

ぼくは、ハルの右中指《みぎなかゆび》を見《み》る。びっくりするぐらいきれいな右手《みぎて》に、不似合《ふにあ》いなペンだこ。

「じつは、わたし、小説家《しょうせつか》を目指《めざ》してるんだ。たくさん字《じ》を書《か》いてたら、ペンだこが大《おお》きくなっちゃって――。」

また、すぐにバレる嘘《うそ》をつく。

「もし、ハルが小説《しょうせつ》を書《か》くとしたら、手書《てが》きじゃなくてワープロソフトを使《つか》うだろ？」

「どうして？」

「DVD《ディーブイディー》のデータを、どうにかできるぐらい、ハルはコンピュータを使《つか》うのが得意《とくい》だ。そんな奴《やつ》が小説《しょうせつ》を書《か》こうとしたら、面倒《めんどう》な手書《てが》きよりワープロを使《つか》うさ。」

もう、ハルは反論《はんろん》しない。まいったなぁ、という感《かん》じで、頭《あたま》をかく。

「うちの親《おや》ね、わたしがマンガ描《か》くのが気《き》に入《い》らないんだ。」

独《ひと》り言《ごと》のように話《はな》し始《はじ》めた。

「『大《おお》きな体《からだ》してるんだからスポーツやれ。』とか、『運動神経《うんどうしんけい》がいいんだから、もったいない。』とか――。『どうせマンガ描《か》いてもプロになれないんだから、やめておけ。』って。ヌクは、プロ野球《やきゅう》の選手《せんしゅ》になるために、野球《やきゅう》してんの？」

ぼくは、首《くび》を横《よこ》に振《ふ》る。

「将来的《しょうらいてき》にはわからないけど、まだプロの世界《せかい》は視野《しや》に入《い》れてない。今《いま》は、野球《やきゅう》が好《す》きだからやってるんだ。」

この返事《へんじ》に、ハルは微妙《びみょう》な顔《かお》になった。ひとつ咳払《せきばら》いしてから、続《つづ》ける。

「マンガの新人賞《しんじんしょう》が、八月末《がつまつ》にあるの。わたしも応募《おうぼ》してみようと思《おも》うんだけど……。原稿《げんこう》描《か》いてると、親《おや》は、わたしを家《いえ》から追《お》い出《だ》そうとするんだ。」

ぼくは、考《かんが》える。ハルみたいに大《おお》きな子《こ》が、家《いえ》の中《なか》にドデンといたら、親《おや》としたら邪魔《じゃま》だろうな……。

「バスケ部《ぶ》の二年生《ねんせい》がＤＶＤ《ディーブイディー》を貸《か》してあげるって言《い》うから、外出《がいしゅつ》したんだけどさ……。原稿《こう》もなかなか進《すす》まないし、なにかヒントになることないかなって歩《ある》いてたら――。」

ハルが、ぼくを指《ゆび》さす。

「駄菓子屋《だがしや》の前《まえ》にヌクがいたのよ。」

まるで、幻《まぼろし》の珍獣《ちんじゅう》を見《み》つけた探検隊員《たんけんたいいん》みたいな目《め》をしてる。

「最初《さいしょ》、本当《ほんとう》になにをしてるのかわからなかったのよね。駄菓子屋《だがしや》の前《まえ》で、グローブ持《も》ってかまえてる。クイズ番組《ばんぐみ》なら、なかなかの難問《なんもん》よ。で、きいてみたら、本人《ほんにん》は『野球《やきゅう》してる。』と主張《しゅちょう》してる。」

「………」

「すごいなって思《おも》ったんだ。」

ここで、尊敬《そんけい》の眼差《まなざ》しを向《む》けてくれたら信用《しんよう》できるんだけど、あいかわらずハルの目《め》は探検隊員《たんけんたいいん》だ。

ぼくが疑《うたが》わしそうな顔《かお》をしてるので、あわててハルが言《い》う。

「本当《ほんとう》だよ！　本当《ほんとう》にすごいと思《おも》ってる！　だから、ハルを主人公《しゅじんこう》にしてマンガを描《か》こうって思《おも》ってるんだ。」

「ひょっとして、昨日《きのう》からつきまとってるのは、マンガの取材《しゅざい》？」

ぼくの質問《しつもん》に、ハルが敬礼《けいれい》する。

「というわけで、よろしくお願《ねが》いします、ヌク先輩《せんぱい》。」

……初《はじ》めて、ハルの敬語《けいご》を聞《き》いた。

ぼくは、ため息《いき》をついてから言《い》う。

「練習《れんしゅう》の邪魔《じゃま》をしないのなら、いいよ。」

「しないよ。——っていうか、したことないじゃない。練習《れんしゅう》を手伝《てつだ》ってあげたことはあるけど。」

「………。」

そうか、ハルの中《なか》では、手伝《てつだ》ってることになってるのか……。

サッカーボールを追《お》う子《こ》どもたちの影《かげ》が長《なが》い。そのうち、ひとり減《へ》り二人《ふたり》減《へ》り……。互《たが》いに手《て》を振《ふ》り、誰《だれ》もいなくなった。

さっきまで、体中《からだじゅう》にまとわりついていた空気《くうき》が、スッと冷《ひ》える。

「帰《かえ》ろ、ヌク。今《いま》……とってもマンガ描《か》きたい気分《きぶん》。」

ハルが立《た》ち上《あ》がり、大《おお》きく伸《の》びをした。

自転車《じてんしゃ》が、夕暮《ゆうぐ》れの街《まち》を走《はし》る。

荷台《にだい》に乗《の》ったぼくが、きく。

「そういや、なんていう新人賞《しんじんしょう》に送《おく》るつもりなんだ？」

ぼくの質問《しつもん》に、ハルが答《こた》える。

それはぼくでも知《し》ってる、とても有名《ゆうめい》な新人賞《しんじんしょう》だった。

「たしか、ストーリーマンガ部門《ぶもん》のT賞《ティーしょう》と、ギャグマンガ部門《ぶもん》のA賞《エーしょう》があるんだよね？」

「うん！　わたし、A賞《エーしょう》を狙《ねら》ってるんだ。」

……なんですと？

どうして、ぼくを主人公《しゅじんこう》にしたマンガが、ギャグマンガ部門《ぶもん》なんだ？

それをきこうとしたら、自転車《じてんしゃ》のスピードがグンと上《あ》がった。ぼくは、振《ふ》り落《お》とされないように、荷台《にだい》を持《も》つ手《て》に力《ちから》を入《い》れる。

「期待《きたい》しててね、ヌク。わたし、すっごいマンガ描《か》くから！」

「………」

――見《み》えないけど、今《いま》、いい顔《かお》してるんだろうな……。

ぼくは、一生懸命《いっしょうけんめい》ペダルを回《まわ》してるハルの顔《かお》を想像《そうぞう》する。

耳元《みみもと》を通《とお》りすぎていく熱風《ねっぷう》が、とっても気持《きも》ちいい。

なんだかうれしくなったぼくは、大《おお》きく伸《の》びをする。

「うわっ！」

自転車《じてんしゃ》の荷台《にだい》にいることを忘《わす》れていた。落《お》ちそうになったぼくは、あわててハルにしがみつく。

第《だい》三打《だ》席《せき》
ポジションはセント？

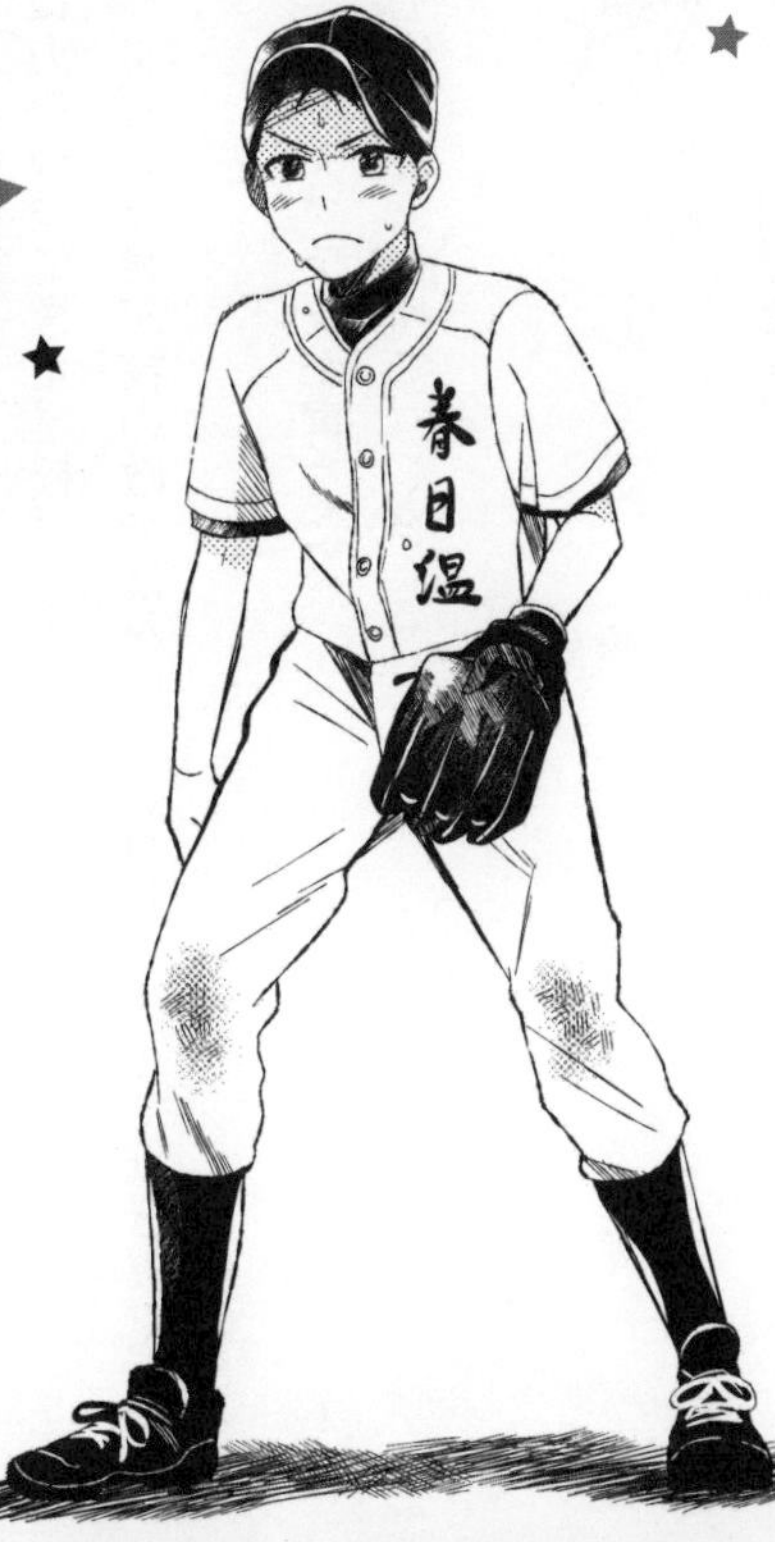

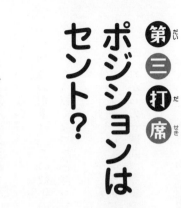

大会《たいかい》まで一週間《しゅうかん》――。試合《しあい》の組《く》みあわせが決《き》まった。

シード制《せい》が導入《どうにゅう》されてないので、うちのような強豪校《きょうごうこう》も一回戦《かいせん》から勝《か》ち上《あ》がっていかないといけない。

初戦《しょせん》の相手《あいて》は、この数年《すうねん》の間《あいだ》に力《ちから》をつけてきた学校《がっこう》。

「いくら強《つよ》くなったと言《い》っても、まだまだ我《わ》が校《こう》の敵《てき》ではない。しかし、決《けっ》して気《き》を抜《ぬ》くな！」

練習《れんしゅう》の最初《さいしょ》、ぼくらを前《まえ》にして、キャプテンが言《い》った。

「これからの一週間《しゅうかん》、今《いま》まで以上《いじょう》に気合《きあい》を入《い》れていくぞ！」

「はい！」

ぼくらは、大《おお》きな声《こえ》で返事《へんじ》をした。

しかし、どこか今《いま》までとはちがう雰囲気《ふんいき》。

みんなが部室《ぶしつ》を出《で》る前《まえ》、キャプテンが明君《あきらくん》を呼《よ》び止《と》める。キャプテンも、チーム内《ない》の雰《ふん》囲気《いき》を感《かん》じていて、次期《じき》キャプテン候補《こうほ》の明君《あきらくん》と話《はなし》がしたいんだろう。

ぼくは、直樹君《なおきくん》のほうをチラリと見《み》てから、駄菓子屋前《だがしやまえ》に走《はし》った。

「バッチ、こー。」

ひとりで出《だ》す声《こえ》は、いつもより小《ちい》さい。

どうしても、チームのことが気《き》になってしまう。

発端《ほったん》は、三日前《みっかまえ》のチーム内紅白戦《ないこうはくせん》。センターを守《まも》っていた一年生《ねんせい》のコオロギ（このあだ名《な》の由来《ゆらい》は、のちほど）がエラーした。それを、ピッチャーの直樹君《なおきくん》が怒《おこ》った。結果《けっか》、直《なお》樹君《きくん》は敗戦投手《はいせんとうしゅ》になり、試合後《しあいご》にコオロギに「もっと練習《れんしゅう》しろ！」と言《い》った。

コオロギは、真面目《まじめ》に練習《れんしゅう》してないわけじゃない。それは、みんな知《し》っている。下手《へた》なぶん（ぼくよりは、上手《じょうず》だけどね）、他《ほか》の一年生《ねんせい》より、よく練習《れんしゅう》している。なのに、エラーの原因《げんいん》は練習不足《れんしゅうぶそく》のように言《い》われて、コオロギだけでなく一年生全員《ねんせいぜんいん》が怒《おこ》った。

また、二年生《ねんせい》からは、「一年《ねん》の練習《れんしゅう》の仕方《しかた》は、ぬるい！」や「試合《しあい》に勝《か》ちたくないのか！」という意見《いけん》が出《で》た。

そして今《いま》、一年生《ねんせい》と二年生《ねんせい》の間《あいだ》に溝《みぞ》ができ、チームの中《なか》は微妙《びみょう》な雰囲気《ふんいき》になっている。

ぼく？

気持《きも》ち的《てき》には、一年生《ねんせい》に近《ちか》いかな。どれだけ練習《れんしゅう》しても、すぐに技術《ぎじゅつ》は上《あ》がらない。エラーだって少《すく》なくすることはできるけど、絶対《ぜったい》にゼロになることはない。

なのに、頭《あたま》ごなしに怒《おこ》られたら、腹《はら》が立《た》つのも理解《りかい》できる。

まぁ、二年生《ねんせい》の気持《きも》ちもわかるんだけどさ。

いや、今《いま》、いちばん困《こま》ってるのは三年生《ねんせい》だ。三年生《ねんせい》は、この大会《たいかい》で引退《いんたい》。最後《さいご》の大会《たいかい》に、こんな雰囲気《ふんいき》で臨《のぞ》みたくないだろうな……。

先日《せんじつ》、大会《たいかい》メンバーは発表《はっぴょう》された。ぼくは、残念《ざんねん》なことにレギュラーに選《えら》ばれなかった。あと、ベンチ入《い》りもできなかった。

でも、来年《らいねん》のチャンスがあるぼくとちがって、三年生《ねんせい》はこれが最後《さいご》なんだ。

――チームの雰囲気《ふんいき》を戻《もど》すため、ぼくになにができる？

そんなことを考《かんが》えていたら、ボールが飛《と》んできた。

「オーライ！」

ぼくは、落下点《らっかてん》に向《む》かってダッシュ。

練習《れんしゅう》が終《お》わり、着替《きか》え終《お》わって自転車置《じてんしゃお》き場《ば》に行《い》くと、明君《あきらくん》がいた。なにも言《い》わなくても、チームのことで話《はなし》があるのは想像《そうぞう》できた。

駄菓子屋前《だがしやまえ》のベンチに座《すわ》り、梅《うめ》バアチャンからソーダ味《あじ》のアイスキャンディをひとつ買《か》う。棒《ぼう》が二本《ほん》ついているので、二つに割《わ》って食《た》べることができる優《すぐ》れものだ。

「はい。」

割《わ》った片方《かたほう》を、明君《あきらくん》にわたす。

「ほい。」

受《う》けとった明君《あきらくん》は、ぼくにアイス代《だい》の半分《はんぶん》をわたす。このへんが、直樹君《なおきくん》と百八十度《ど》ちがうところだ。

「どうしたもんだろうな？」

アイスをかじりながら、いきなり明君《あきらくん》が言《い》った。

「三年生《ねんせい》がからんでないから、試合《しあい》に影響《えいきょう》ないとは思《おも》うんだけど――。キャプテンの話《はなし》だと、三年生《ねんせい》も態度《たいど》にこそ出《だ》さないものの、一年《ねん》と二年《ねん》のことを気《き》にしてるんだ。それが原《げん》因《いん》とは言《い》えないかもしれないが、練習中《れんしゅうちゅう》も凡《ぼん》ミスが多《おお》い。このままじゃ、試合《しあい》どころじゃないって。」

そうか、そこまで深刻《しんこく》なことになってたのか……。ポジションが駄菓子屋前《だがしやまえ》だと、わからないことが多《おお》い。

「コオロギに直樹《なおき》──二人《ふたり》とも、悪《わる》い奴《やつ》じゃない。」

そう言《い》ってから、明君《あきらくん》は訂正《ていせい》する。

「直樹《なおき》は、そんなに悪《わる》い奴《やつ》じゃない──というか、いいところもある。」

ぼくはうなずき、アイスをなめる。

明君《あきらくん》が、ぼくを見《み》る。

「なにか、いい手《て》はないかな？」

「時間《じかん》が解決《かいけつ》する……なんて、言《い》ってられないよね。」

なんせ、大会《たいかい》が迫《せま》ってる。

「ヌクは、直樹《なおき》と仲《なか》がいいだろ。なんとか、コオロギと仲直《なかなお》りするよう、話《はな》つけられないかな。」

「二つの点《てん》で、無理《むり》だね。」

ぼくは、指《ゆび》を二本《ほん》伸《の》ばす。

「ひとつは、直樹君《なおきくん》の言《い》ってることは、まちがってないってこと。やっぱり、試合《しあい》する以《い》上《じょう》、勝《か》たなきゃいけないと思《おも》う。そのために、一生懸命練習《いっしょうけんめいれんしゅう》するのは当然《とうぜん》だ。」

反面《はんめん》、コオロギの言《い》ってることも正《ただ》しい。だから、難《むずか》しい。

「もうひとつは、あの直樹君《なおきくん》が、誰《だれ》かに頭《あたま》を下《さ》げると思《おも》う?」

「無理《むり》だな。」

明君《あきらくん》が、速攻《そっこう》で答《こた》えた。ぼくらは、彼《かれ》の性格《せいかく》を、よく知《し》っている。

「おれとしては、できるなら一年《ねん》に謝《あやま》らせたくないんだよ。こういうときは、やっぱり上《うえ》の学年《がくねん》が頭《あたま》を下《さ》げたほうが、うまくいくと思《おも》うんだ。」

ため息混《いきま》じりに、明君《あきらくん》が言《い》う。たしかに、ぼくもそう思《おも》う。

いつの間《ま》にか、ぼくらの手《て》には、アイスキャンディの棒《ぼう》だけが残《のこ》った。

「あっついなぁ……。」

どちらともなく、つぶやく。

次《つぎ》の日《ひ》——。

なにも思《おも》いつかないまま、ぼくは野球部《やきゅうぶ》の練習《れんしゅう》に行《い》く。

明君《あきらくん》は、ぼくと目《め》を合《あ》わそうとしない。つまり、彼《かれ》も、いい手《て》が思《おも》いつかなかったってことだ。

ぼくは、駄菓子屋前《だがしやまえ》につくと、グローブをパンパンと叩《たた》き、腰《こし》を落《お》とす。

「バッチ、こー！」

顎《あご》の先《さき》から落《お》ちた汗《あせ》が、地面《じめん》に落《お》ちて黒《くろ》い染《し》みを描《えが》く。しかし、その染《し》みは数秒《すうびょう》で消《き》えていく。

飛《と》んでいきそうな意識《いしき》を結《むす》びつけておくため、声《こえ》を出《だ》す。

「バッチ、こー！」

それにこたえるように、打撃音《だげきおん》。

フェンスを越《こ》えたボールが、青空《あおぞら》を背景《バック》に落《お》ちてくる。

「オーライ！」

落下点《らっかてん》まで走《はし》ったぼくは、グローブをかまえる。ボールは、グローブに触《さわ》ることなく、ぼくの後《うし》ろで跳《は》ねた。

その先《さき》には、駄菓子屋《だがしや》。

――ヤバイ！

いつもならキャッチできるボール。でも、直樹君《なおきくん》とコオロギのことを考《かんが》えていて、集中《しゅうちゅう》が乱《みだ》れた。

回《まわ》れ右《みぎ》したぼくは、駄菓子屋《だがしや》に向《む》かってダッシュ！　店《みせ》の中《なか》に飛《と》びこむ前《まえ》に、ボールを押《お》さえるんだ！

――この間《あいだ》までならハルがいて、ボールをキャッチしてくれた。でも、新人賞《しんじんしょう》の締《し》め切《き》りが近《ちか》いから、しばらく来《こ》られないって言《い》ってたっけ……。

自分《じぶん》でなんとかするしかない！

走《はし》るぼくの目《め》に、ベンチに座《すわ》ってる人影《ひとかげ》が入《はい》る。

――ハル？

いや、ハルじゃない。

だいたい、背広《せびろ》を着《き》ている。若《わか》い男《おとこ》の人《ひと》だ。

その人《ひと》が、立《た》ち上《あ》がる。大人《おとな》にしては、小柄《こがら》だ。ハルより二十センチぐらい低《ひく》いんじゃないかな。

「危《あぶ》ないですよ！」

ぼくの言葉《ことば》に、その人《ひと》はフッと微笑《ほほえ》み、手《て》をボールに向《む》かって伸《の》ばした。そよぐ風《かぜ》のような、なめらかな動《うご》きだ。

そしてボールは、その人《ひと》の手《て》に触《ふ》れることなく、駄菓子屋《だがしや》の店内《てんない》に飛《と》びこんだ。

あれ……？

「カレーせんべいとイカ串《ぐし》の瓶《びん》が割《わ》れて、中身《なかみ》が全滅《ぜんめつ》。セミ凧《だこ》には、穴《あな》。あと、スナック菓子《がし》が三袋《ふくろ》、粉々《こなごな》——。」

梅《うめ》バアチャンが、年季《ねんき》の入《はい》った算盤《そろばん》の珠《たま》をパチパチはじく。ぼくは、深《ふか》く頭《あたま》を下《さ》げた状態《じょうたい》で、その音《おと》を聞《き》いている。

不思議《ふしぎ》なのは、ベンチにいた男《おとこ》の人《ひと》が、ぼくの隣《となり》で同《おな》じように頭《あたま》を下《さ》げてること。い

春日温

や、最後《さいご》に男《おとこ》の人《ひと》がボールをキャッチしてくれたら、駄菓子屋《だがしや》の商品《しょうひん》も壊《こわ》れなかったし、梅《うめ》バアチャンが弁償《べんしょう》する金額《きんがく》を計算《けいさん》する必要《ひつよう》もなかったんだ。

「じゃあ、これだけ払《はら》ってもらおうかね。」

梅《うめ》バアチャンが、算盤《そろばん》を見《み》せる。

ぼくは、算盤《そろばん》の珠《たま》の位置《いち》から金額《きんがく》を計算《けいさん》する。

——えーっと、ここが一の位《くらい》で、隣《となり》が十の位《くらい》……。

ぼくが珠《たま》を数《かぞ》えてる間《あいだ》に、男《おとこ》の人《ひと》が背広《せびろ》の内《うち》ポケットから財布《さいふ》を出《だ》した。出《だ》したお札《さつ》を、梅《うめ》バアチャンにわたす。

「おつりは、いるかい？」

きいてくる梅《うめ》バアチャンに、

「できましたら、ください。」

男《おとこ》の人《ひと》が、丁寧《ていねい》に頭《あたま》を下《さ》げた。

店《みせ》の前《まえ》に置《お》かれたベンチに、ぼくと男《おとこ》の人《ひと》が座《すわ》る。

座《すわ》ってはいるが、ぼくはグローブをはずさない。ボールが、いつ飛《と》んでくるかわからないからだ。

「きみも食《た》べなさい。」

男《おとこ》の人《ひと》が、くだけたカレーせんべいが入《はい》った袋《ふくろ》を、ぼくのほうに向《む》ける。

「ありがとうございます。」

ぼくは、帽子《ぼうし》を脱《ぬ》いで礼《れい》をし、カレーせんべいの破片《はへん》をつまむ。

男《おとこ》の人《ひと》も、破片《はへん》をつまむ。よく見《み》ると、学生《がくせい》っぽい。まだ二十代前半《だいぜんはん》なんじゃないかな。

「あの……弁償《べんしょう》のお金《かね》、すみませんでした。」

ぼくが頭《あたま》を下《さ》げると、男《おとこ》の人《ひと》は軽《かる》く手《て》を振《ふ》る。

「気《き》にしなくていいよ。これでも中学生《ちゅうがくせい》よりはお金持《かねも》ってるから。」

「算盤《そろばん》を見《み》て、すぐに金額《きんがく》がわかるなんてすごいですね。ひょっとして、算盤《そろばん》の先生《せんせい》なんですか？」

この質問《しつもん》には、軽《かる》くうなずく。

「先生《せんせい》か……。うん、まぁそんなものだね。」

そして、男《おとこ》の人《ひと》は「鈴木秀人《すずきひでと》」と名乗《なの》った。

「野球部《やきゅうぶ》二年《ねん》、春日温《かすがあつし》です。」

「すまないね、春日君《かすがくん》。練習《れんしゅう》を中断《ちゅうだん》させて――。しかし、せんべいを一枚食《まいた》べるぐらいは、いいんじゃないかな。」

ぼくは、鈴木《すずき》さんの発言《はつげん》に少《すこ》しおどろく。

今《いま》までぼくを見《み》て、野球部《やきゅうぶ》の練習中《れんしゅうちゅう》だと思《おも》う人間《にんげん》は、ほとんどいなかった。野球《やきゅう》のユニフォームを着《き》てるのにね……。

「野球《やきゅう》は、好《す》きかい?」

「はい!」

ぼくは、元気《げんき》よく答《こた》える。

「それは、いい。やっぱり、好《す》きなことをするのがいちばんいいからね。」

カレーせんべいをかじりながら、鈴木《すずき》さんが目《め》を細《ほそ》める。

そのとき、駄菓子屋《だがしや》前《まえ》の道路《どうろ》で、ボールが弾《はず》んだ。

ぼくは、手《て》に持《も》っていたせんべいのかけらを口《くち》に放《ほう》りこみ、ベンチから立《た》ち上《あ》がる。

――大丈夫《だいじょうぶ》。間《ま》に合《あ》う！

グローブをかまえながら、ダッシュ。

すると、回転《スピン》がかかっていたボールは、ぼくの予想外《よそうがい》の動《うご》きをした。高《たか》く弾《はず》むことなく、ライナーで、ぼくの脇《わき》を通《とお》りぬける。

振《ふ》り向《む》くと、ベンチに座《すわ》った鈴木《すずき》さんを直撃《ちょくげき》するコースだ。

「よけてください！」

鈴木《すずき》さんは、両手《りょうて》にカレーせんべいと袋《ふくろ》を持《も》ってるので、手《て》が使《つか》えない。……いや、さっきの動《うご》きを見《み》てると、両手《りょうて》を使《つか》ってもボールをキャッチできないかもしれない。

すると――。

鈴木《すずき》さんが、右足《みぎあし》を振《ふ》った。

彼《かれ》がボールを蹴《け》ったのだとわかったのは、ぼくのグローブの中《なか》にボールが吸《す》いこまれてからだった。

サッカーボールでも難《むずか》しいことを、小《ちい》さな野球《やきゅう》のボールでやるなんて……。鈴木《すずき》さんは、算盤《そろばん》だけでなく、サッカーもできるんだ。

「すごいですね。サッカーやってたんですか?」

「高校《こうこう》に入学《にゅうがく》してからだけどね。」

照《て》れくさそうに、鈴木《すずき》さんが答《こた》えた。

「春日君《かすがくん》は、サッカーをやらないのかい?」

「小学生《しょうがくせい》のころは、やったこともあります。でも、主《おも》にやってたのは野球《やきゅう》です。」

サッカーは、蹴《け》りに行《い》っても、その場所《ばしょ》にボールがないことが多《おお》い。また、自分《じぶん》のところにボールが来《く》ることも、あまりない。

でも、野球《やきゅう》はちがう。

必《かなら》ず打順《だじゅん》は回《まわ》ってくるし、駄菓子屋《だがしや》前《まえ》にもボールが飛《と》んでくる。……まだ、レギュラーじゃないので、打順《だじゅん》は決《き》まってないけどね。

そんなことを思《おも》い出《だ》してたら、またボールが飛《と》んできた。

ダッシュするぼくの背中《せなか》に、

「まずは、ボールをよく見《み》て走《はし》る! そして、ボールが飛《と》ぶコースを予測《よそく》する!」

鈴木《すずき》さんのアドバイスが響《ひび》く。

ぼくは、言《い》われるまま、ボールを見《み》ながら走《はし》る。今《いま》まで、何万球《なんまんきゅう》も見《み》てきたためか、ボールが飛《と》んでいく軌道《きどう》が、想像《そうぞう》できる。

「その先《さき》に、グローブを出《だ》す。」

すると、ぼくが出《だ》したグローブに、ボールがポンと入《はい》った。

おおー！

感動《かんどう》で、体《からだ》が震《ふる》える。

「ありがとうございました！」

帽子《ぼうし》をとり、頭《あたま》を下《さ》げるぼくに、鈴木《すずき》さんが拍手《はくしゅ》をしてくれる。

しかし、不思議《ふしぎ》だ。ここまで適切《てきせつ》にアドバイスできるのに、どうして、鈴木《すずき》さんはボールをとれなかったんだろう？

いや、そうでもないか——。

ぼくも、野球《やきゅう》の専門書《せんもんしょ》は読《よ》んだから、理論《りろん》だけは知《し》っている。ただ、実際《じっさい》にやろうとすると、頭《あたま》がパニックになってできないだけ。

鈴木《すずき》さんも、ぼくと同《おな》じなのだろう。

腹《はら》が立《た》つのは、直樹君《なおきくん》が専門書《せんもんしょ》を読《よ》まないこと。

「ボールのとり方《かた》？　そんなもん、ボールが飛《と》んでくるとこにグローブ出《だ》したら、勝手《かって》に入《はい》ってくるだろ？」

……まったく、腹《はら》が立《た》つ。

その後《ご》も、鈴木《すずき》さんは、いろいろアドバイスをくれた。おかげで、練習終了《れんしゅうしゅうりょう》まで、ぼくはボールを一球《いっきゅう》もそらすことなく守《まも》ることができた。

算盤《そろばん》ができてサッカーもうまい、おまけに野球《やきゅう》のコーチもできる——ぼくは、鈴木《すずき》さんを尊敬《そんけい》する。

別《わか》れ際《ぎわ》、ぼくは、さっきと同《おな》じ質問《しつもん》をされた。

「春日君《かすがくん》は、野球《やきゅう》が好《す》き？」

「はい。今日《きょう》、もっと好《す》きになりました。」

この答《こた》えを聞《き》いて、鈴木《すずき》さんは、少年《しょうねん》のように目《め》を輝《かがや》かせた。

そして、ぼくは気《き》づいた。みんな、野球《やきゅう》が好《す》きなんだ。そして、それがいちばん大事《だいじ》なことなんだ。

部室《ぶしつ》に戻《もど》ると、誰《だれ》もいない。「戸締《とじ》まり、よろしく。」のメモと鍵《かぎ》が残《のこ》ってるだけ。鈴木《すずき》さんと話《はな》してて、遅《おそ》くなってしまったようだ。

でも、気持《きも》ちは高《たか》ぶってる。

もっともっと野球《やきゅう》をしたい気分《きぶん》だ。

うん、決《き》めた！　野球《やきゅう》をしたいんだから、野球《やきゅう》をやろう！

ユニフォーム姿《すがた》のまま学校《がっこう》を出《で》て、コンビニでサンドイッチとバナナ、おにぎりを買《か》う。レッドゾーンに入《はい》ったお小遣《こづか》いのため、飲《の》み物《もの》を買《か》うのはあきらめる。

そのまま、家《いえ》には行《い》かず河川敷《かせんしき》のスポーツグラウンドへ自転車《じてんしゃ》を走《はし》らせる。

この時間《じかん》、グラウンドに誰《だれ》もいないはずだ。街《まち》の広報無線《こうほうむせん》でも、『熱中症《ねっちゅうしょう》の危険《きけん》がありますす。屋外《おくがい》の運動《うんどう》は控《ひか》えましょう。』と言《い》ってるぐらいだ。

なのに、グラウンドには野球《やきゅう》のユニフォームを着《き》た少年《しょうねん》がいた。コオロギだ。

ボールを空《そら》に向《む》かって投《な》げ、落《お》ちてくるのをキャッチする。そのくり返《かえ》し――。フライをとる練習《れんしゅう》だ。それを、何度《なんど》もくり返《かえ》している。

ボールを投《な》げようと顔《かお》を上《あ》げたコオロギが、土手《どて》に自転車《じてんしゃ》を止《と》めるぼくに気《き》づいた。

おどろいてる彼《かれ》に、ぼくは食料《しょくりょう》の入《はい》ったコンビニ袋《ぶくろ》を見《み》せる。

「食《た》べない？　どうせなにも食《た》べないまま、ここに来《き》たんだろ？」

コオロギは、少《すこ》しためらったあと、「あざーす！」と頭《あたま》を下《さ》げた。


バックネット裏《うら》の木陰《こかげ》に座《すわ》り、ガフガフと食《た》べ始《はじ》めるコオロギ。ぼくは、遠慮《えんりょ》がちに、おにぎりを一個《こ》食《た》べる。

「今日《きょう》の練習《れんしゅう》で、なにかあったのか？」

ぼくの質問《しつもん》に、コオロギは答《こた》えない。それは、食《た》べるのが忙《いそが》しいのではなく、言《い》いたくないから答《こた》えないという感《かん》じ。

あっという間《ま》に食《た》べ終《お》えたコオロギは、ぼくに向《む》かって丁寧《ていねい》に手《て》を合《あ》わせる。

「ごっそさんでした、ヌク先輩《せんぱい》。あっ……。」

ぼくのことを〝ヌク〟と呼《よ》んで、コオロギが、しまった！　という顔《かお》をする。直樹君《なおきくん》から、ぼくのことを「春日先輩《かすがせんぱい》」と呼《よ》ぶように言《い》われてるからだ。ぼくは気《き》にしてないんだけどね。

「いいよ、〝ヌク〟で——。ぼくらも、小宮《こみや》のこと〝コオロギ〟って呼《よ》んでるし。」

では、〝コオロギ〟というあだ名《な》について説明《せつめい》しよう。

一年生《ねんせい》が入部《にゅうぶ》してから最初《さいしょ》の紅白試合《こうはくじあい》のことだ。コオロギこと小宮《こみや》は、一塁《るい》コーチを任《まか》された。

一塁《るい》コーチは、どれだけ一塁《るい》ベースから離《はな》れていいか、ランナーに教《おし》える仕事《しごと》がある。ピッチャーの様子《ようす》を見《み》て、リードしていいときは「リー、リー、リー。」と合図《あいず》する。そして、ベースに戻《もど》らなければいけないときは「バック！」と教《おし》える。

しかし、初《はじ》めての一塁《るい》コーチの仕事《しごと》に緊張《きんちょう》した小宮《こみや》は、ずっと「リー、リー。」と言《い》いっぱなし。リードしてはいけないときでも「リー、リー。」と言《い》い続《つづ》けた。

結果《けっか》、タッチアウトになるランナーが、続出《ぞくしゅつ》。

敗戦投手《はいせんとうしゅ》になった直樹君《なおきくん》は、試合後《しあいご》に小宮《こみや》を怒《おこ》った。

「リー、リー、鳴《な》くな！　おまえはコオロギか！」

それ以来《いらい》、小宮《こみや》のあだ名《な》は『コオロギ』になったというわけだ。

サンドイッチのビニールやバナナの皮《かわ》を片《かた》づけながら、ぼくはきく。

「まだ練習《れんしゅう》するのか？」

「はい、うまくなりたいっすから。」

コオロギが、真剣《しんけん》な顔《かお》でうなずいた。

「うまくならないと、エラーをして、みんなに迷惑《めいわく》をかけますから。」

「コオロギは、偉《えら》いね。」

ぼくは、心底感心《しんそこかんしん》する。

すると、コオロギは激《はげ》しく首《くび》を横《よこ》に振《ふ》った。

「そんなことないっす！　ヌク先輩《せんぱい》のほうが、いっぱい練習《れんしゅう》してるじゃないっすか！」

「いや、ぼくは下手《へた》だし……。コオロギみたいに、チームメイトのことを考《かんが》えてうまくなろうなんて、思《おも》ってなかったよ。」

「じゃあ、なんで練習《れんしゅう》してるんすか？」

「そりゃ、野球《やきゅう》が好《す》きだからだよ。だから、一生懸命練習《いっしょうけんめいれんしゅう》してるんだ。」

「…………」

「でも、これからは、チームメイトのことも考《かんが》えるようにするよ。うん、コオロギに教《おし》えられた。」

うなずくぼくの横《よこ》で、黙《だま》りこむコオロギ。

「いえ……でも……そうですよね。うん、そうです！」

コオロギが微笑《ほほえ》む。

「ヌク先輩《せんぱい》が、ずっと駄菓子屋前《だがしやまえ》でがんばれる理由《りゆう》がわかりました。」

「え？」

「おれ、さっき、チームメイトのためって言《い》いましたけど……本当《ほんとう》は、うまくなって直樹《なおき》先輩《せんぱい》を見返《みかえ》してやりたいんです。『なめんなよ！』って――。」

「その気持《きも》ちは、もっのすごくよくわかる！」

「でも、ヌク先輩《せんぱい》は、好《す》きだから練習《れんしゅう》してるんですよね。だから、がんばれるんですよ！」

うーん、そうなのか……。

コオロギが、ぼくの顔《かお》をのぞきこむ。

「どうやったら、ヌク先輩《せんぱい》みたいになれますか？」

ぼくは考《かんが》える。ここで「まずは、駄菓子屋前《だがしやまえ》を守《まも》れるようになるのがポイント！」と言《い》ったら、コオロギはポジションを代《か》わってくれるのだろうか。

すると、コオロギが勝手《かって》に答《こた》えを言《い》い始《はじ》める。

「そうか……。ヌク先輩《せんぱい》は、野球《やきゅう》が好《す》きだから練習《れんしゅう》するのが楽《たの》しいんだ。おれも、野球《やきゅう》を楽《たの》しめばいいのか……。」

ものすごくあたりまえの答《こた》えだ。

ぼくは、ポジション交代《こうたい》をあきらめて、コオロギに言《い》う。

「お昼《ひる》ご飯《はん》も食《た》べたし、練習《れんしゅう》しようか。」

「いっくよー！」

ぼくは、三十メートルほど離《はな》れたコオロギに、山《やま》なりの高《たか》いボールを投《な》げる。

いや、山《やま》なりのボールを投《な》げるつもりだった。でも、ぼくの投《な》げたボールは、そんなに高《たか》く上《あ》がらず、コオロギの遥《はる》か手前《てまえ》に落《お》ち、コロコロと転《ころ》がる。

ぼくは、彼《かれ》に、もっと近《ちか》づくように指示《しじ》する。

「気《き》をとり直《なお》して、いっくよー！」

今度《こんど》は、バウンドすることなく、コオロギまで投《な》げることができた。なのに、彼《かれ》は不満《ふまん》そうだ。

「ヌク先輩《せんぱい》、おれはフライをとる練習《れんしゅう》をしたいんです。これじゃあ、ただのキャッチボールじゃないですか。」

注文《ちゅうもん》の多《おお》い一年生《ねんせい》だ。

ぼくは、さらに近《ちか》づくよう指示《しじ》する。

「今《いま》までのことはなかったことにして、いっくよー！」

ぼくは、夏《なつ》の青《あお》い空《そら》に向《む》かって、全力《ぜんりょく》でボールを投《な》げた。

次《つぎ》の日《ひ》、ぼくは少《すこ》し明《あか》るい気分《きぶん》で練習《れんしゅう》に参加《さんか》する。

コオロギも、どこかホッとした顔《かお》をしてる。そして、ぼくを見《み》て、軽《かる》く頭《あたま》を下《さ》げる。

まだまだ他《ほか》の部員《ぶいん》は会話《かいわ》や動《うご》きがぎこちないけど、ぼくは、今日《きょう》の練習《れんしゅう》を楽《たの》しむことにする。

そりゃチームのことは心配《しんぱい》だけど、せっかく野球《やきゅう》をしに来《き》てるんだ。楽《たの》しまないとね！

今日《きょう》も、駄菓子屋前《だがしやまえ》のベンチには鈴木《すずき》さんが座《すわ》っていた。この暑《あつ》いのに背広姿《せびろすがた》なのも、昨日《きのう》と同《おな》じ。ちがうのは、手《て》に古《ふる》ぼけたグローブをはめてること。

「これで安心《あんしん》だろ。」

鈴木《すずき》さんはにっこり微笑《ほほえ》むけど、ぼくは少《すこ》しも安心《あんしん》できない。昨日《きのう》の動《うご》きを見《み》る限《かぎ》り、グローブをはめたからといって、キャッチできるとは思《おも》えない。

その日《ひ》、三十球近《きゅうちか》いボールが飛《と》んできたんだけど、ぼくはほとんどをキャッチできた。グローブでとれなくても、体《からだ》にあてて止《と》めた。

鈴木《すずき》さんも、三球止《きゅうと》めてくれた。……グローブを使《つか》わず、キックで止《と》めたんだけどね。

最後《さいご》の一球《きゅう》をキャッチしてくれたのは、梅《うめ》バアチャン。ぼくと鈴木《すずき》さんの間《あいだ》をすり抜《ぬ》けたボールを、割烹着《かっぽうぎ》の裾《すそ》をネットのように広《ひろ》げて止《と》めた。

「二人《ふたり》とも、気《き》を抜《ぬ》くんじゃないよ！」

ビシッと言《い》ってから、ぼくと鈴木《すずき》さんに、さし入《い》れとしてポッキンアイスを一本《ぽん》くれた
(あれ？　ポッキンアイスって名前《なまえ》でよかったのかな？)。

ぼくらはベンチに座《すわ》り、半分《はんぶん》のポッキンアイスを食《た》べる。いつボールが飛《と》んでくるかわからないから、目《め》は道路《どうろ》のほうに向《む》けたままだ。

「温君《あつしくん》は、昨日《きのう》より動《うご》きがいいね。なにか、いいことあったのかい？」

ぼくは、今《いま》のチームの状況《じょうきょう》と、コオロギと野球《やきゅう》の練習《れんしゅう》をしたことを話《はな》した。

「それで、ぼくとコオロギは、だいぶすっきりしたんです。でも、まだみんなはモヤモヤしてるみたいで……。試合《しあい》も近《ちか》いのに、どうなることか……。」

「ふむふむ。」

ポッキンアイスをくわえながら、ぼくの話《はなし》を聞《き》く鈴木《すずき》さん。

なにかアドバイスをくれるかと思《おも》って待《ま》ってたんだけど、なにも言《い》わない。大人《おとな》として、この態度《たいど》は、どうなんだろう？

ぼくの視線《しせん》に気《き》づいた鈴木《すずき》さんが、口《くち》を開《ひら》いた。

「アドバイスしてほしそうな顔《かお》してるけど、ぼくからはなにも言《い》わないよ。」

そして、少《すこ》し真面目《まじめ》な顔《かお》になると言《い》った。

「スポーツをやってると、どうしても監督《かんとく》やコーチの言《い》うことを聞《き》かなくてはならない。それはそれで大切《たいせつ》なことなんだけど、自分《じぶん》で考《かんが》えるということをしなくなってしまう。これは、とてももったいないことだと思《おも》うんだ。」

「もったいない？」

ぼくの質問《しつもん》に、鈴木《すずき》さんが大《おお》きくうなずく。

「そりゃ、教《おし》えてもらうほうが楽《らく》だし、答《こた》えに行《い》きつくのも早《はや》い。でもね、自分《じぶん》で考《かんが》えることの楽《たの》しさや、自分《じぶん》で答《こた》えを見《み》つけた喜《よろこ》びは、得《え》られない。」

「………。」

「偉《えら》そうに聞《き》こえるかもしれないけど、ぼくも中学生《ちゅうがくせい》のときには気《き》づかなかった。気《き》づいてたら、今《いま》よりもっと大人《おとな》になれてたかもって思《おも》うよ。」

そして、鈴木《すずき》さんは微笑《ほほえ》んだ。

夏《なつ》の暑《あつ》さの中《なか》、ひまわりを思《おも》わせるような笑顔《えがお》だった。

鈴木《すずき》さんと話《はな》していて、部室《ぶしつ》に戻《もど》るのが遅《おく》れた。

もう誰《だれ》もいないだろうと思《おも》ってたら、一年《ねん》と二年《ねん》の部員《ぶいん》が残《のこ》っていた。まだ、誰《だれ》も着替《きか》えてない、ユニフォーム姿《すがた》のままだ。

そして、雰囲気《ふんいき》が妙《みょう》だ……。

長机《ながづくえ》を真《ま》ん中《なか》にして、片側《かたがわ》に一年生《ねんせい》、反対側《はんたいがわ》に二年生《ねんせい》。椅子《いす》に座《すわ》って頬杖《ほおづえ》ついてる者《もの》、腕組《うでぐ》みして壁《かべ》にもたれてる者《もの》、隣《となり》の者《もの》と雑談《ざつだん》してる者《もの》、グローブにボールを打《う》ちつけてる者《もの》――。

まるで、長机《ながづくえ》という国境線《こっきょうせん》を挟《はさ》んで、向《む》きあう軍隊《ぐんたい》のようだ。

いったい、なんなんだ?

ぼくは、スススッと明君《あきらくん》に近《ちか》づき、きいた。

「雰囲気《ふんいき》が悪《わる》いことに、とうとう三年《ねん》がキレたんだ。で、一年《ねん》と二年《ねん》になんとかしろって言《い》い残《のこ》して、三年《ねん》は帰《かえ》っちゃった。」

なるほど、それでこの状況《じょうきょう》か……。

みんなの様子《ようす》を見《み》ると、明《あき》らかに困《こま》ってる。高等数学《こうとうすうがく》の問題《もんだい》を出《だ》された小学生《しょうがくせい》が、「解《と》けるまで帰《かえ》しません。」と言《い》われたような雰囲気《ふんいき》。

ぼくも困《こま》ってる。

早《はや》く帰《かえ》って、河川敷《かせんしき》のスポーツグラウンドへ行《い》こうと思《おも》ってたんだ。なのに、これじゃあ帰《かえ》れないじゃないか……。

椅子《いす》に座《すわ》ってマンガ週刊誌《しゅうかんし》を読《よ》んでる直樹君《なおきくん》。ぼくは、その横《よこ》に腰《こし》を下《お》ろす。

「きみは、騒動《そうどう》の張本人《ちょうほんにん》だろ。責任《せきにん》とって、なんとかしてくれ。」——そう言《い》う前《まえ》に、直《なお》樹君《きくん》が口《くち》を開《ひら》く。

「ヌク、食《く》い物《もの》持ってないか？」

その言《い》い方《かた》は、どうして自分《じぶん》たちが残《のこ》されてるのかわかってない感《かん》じ。

ぼくは、ため息《いき》をつく。

ダメだ……。動物園《どうぶつえん》の猿《さる》に、漢字《かんじ》ドリルをやらせるようなもんだ。いつまでたっても帰《かえ》れっこない。

ぼくは、自分《じぶん》のスポーツバッグから、ボールを出《だ》す。軟式《なんしき》ボールじゃない。駄菓子屋《だがしや》なんかで売《う》ってるゴムボールだ。

「直樹君《なおきくん》、野球《やきゅう》やろ。」

「はぁ？」

ぼくの言葉《ことば》におどろいたのは、直樹君《なおきくん》だけじゃない。部室《ぶしつ》にいた全員《ぜんいん》が、ざわついた。

「ヌク……。おまえ、暑《あつ》さで脳《のう》ミソが焼《や》き切《き》れたのか？　だいたい、今《いま》までやってたのは野球《やきゅう》じゃないのか？　なのに、まだ『野球《やきゅう》やろ。』って……。バカか、おまえは？」

直樹君《なおきくん》の言葉《ことば》を、ぼくは右《みぎ》の耳《みみ》から左《ひだり》の耳《みみ》へ素通《すどお》りさせる。

だって、このまま部室《ぶしつ》にいても仕方《しかた》ない。だったら、野球《やきゅう》やるほうが生産的《せいさんてき》だ。

直樹君《なおきくん》も同《おな》じ結論《けつろん》になったのだろう、大《おお》きなため息《いき》をつくと、マンガ週刊誌《しゅうかんし》を放《ほう》り出《だ》した。

「まぁ、部室《ぶしつ》にこもってるよりマシだな。」

立《た》ち上《あ》がると、腕《うで》をブンブン回《まわ》す。

「なんだ、野球《やきゅう》やんのなら、おれも入《い》れてくれ。」

明君《あきらくん》が、会話《かいわ》に参加《さんか》してきた。

「試合《しあい》が近《ちか》いだろ。もうちょっと体《からだ》を動《うご》かしておきたいんだ。」

この意識《いしき》の高《たか》さ！　さすが、二年生《ねんせい》でレギュラーに選《えら》ばれるだけのことはある。

「いや、待《ま》て！」

直樹君《なおきくん》が、明君《あきらくん》を止《と》める。

「おれとヌクがやろうって言《い》ってるのは、野球《やきゅう》。おまえがやりたがってるのは、野球《やきゅう》。一緒《いっしょ》にすんなよ。」

明君《あきらくん》が、早寝早起《はやねはやお》きして健康《けんこう》に気《き》をつけているゾンビのような顔《かお》になる。

「どこか、ちがいがあるのか？」

「あたりまえだろ。なぁ、ヌク。」

直樹君《なおきくん》が、ぼくの首《くび》に腕《うで》を回《まわ》す。

ぼくが説明《せつめい》する。

「今《いま》からやるのは、ゴムボールの野球《やきゅう》。明君《あきらくん》がやりたいのは、グローブやバットを使《つか》う野球《やきゅう》だろ。——ちがいがわかった？」

「了解《りょうかい》。」

そう言《い》いながら、ストレッチを始《はじ》める明君《あきらくん》。……本当《ほんとう》に、わかってるのかな？

直樹君《なおきくん》が言《い》う。

「やめとけ、明《あきら》。試合《しあい》が近《ちか》いから体《からだ》を動《うご》かしたいって言《い》ったが、こんな軽《かる》いボールでやったら、逆《ぎゃく》に調子《ちょうし》を悪《わる》くするぞ。」

「でも、直樹《なおき》はやるんだろ？」

「おれは、ヌクと何回《なんかい》もやって慣《な》れてるからな。」

「じゃあ、心配《しんぱい》すんな。それに、無茶《むちゃ》はしないよ。」

明君《あきらくん》が、ウィンク。

「……その言葉《ことば》、忘《わす》れないでよ。」

ぼくは、心配《しんぱい》だ。

「あの……ヌク先輩《せんぱい》。おれも交《ま》ぜてくれませんか。」

おそるおそるって感《かん》じで、コオロギが口《くち》を挟《はさ》む。

「昨日《きのう》、練習《れんしゅう》につきあってくれたから、今度《こんど》はおれがつきあおうかなって――。あと、ゴムボールの野球《やきゅう》、久《ひさ》しぶりにやってみたいかなって……。」

直樹君《なおきくん》や明君《あきらくん》を見《み》ないようにして、言《い》った。

「おれも！　おれも入《い》れてください。」

一年《ねん》の脇坂《わきさか》が、手《て》をあげる。脇坂《わきさか》──あだ名《な》は、「イワカン」。しょっちゅう、「あっ、肩《かた》に違和感《いわかん》が……。」とか「昨日《きのう》から膝《ひざ》に違和感《いわかん》があって。」と言《い》って、練習《れんしゅう》をサボるところから、このあだ名《な》がついた。ちなみに、名付《なづ》け親《おや》は直樹君《なおきくん》だ。

「いいのか？　おまえ、今日《きょう》も肘《ひじ》に違和感《いわかん》があって、見学《けんがく》してたじゃないか。」

「平気《へいき》っす！」

イワカンが、ぼくからゴムボールを受《う》けとる。

「それに、このボールでの野球《やきゅう》なら、リハビリになりそうな気《き》がしません？」

「適当《てきとう》なこと言《い》うんじゃねえ。」

直樹君《なおきくん》が、イワカンの頭《あたま》を小突《こづ》く。でも、その目《め》は笑《わら》ってる。

「じゃあ、おれもやろうかな。」

「おれも──。」

みんな、口《くち》の中《なか》でボソボソつぶやいたり、そっぽを向《む》いたりしながら、部室《ぶしつ》を出《で》る。

「どうせなら、一年対二年《ねんたいねん》でやりませんか？」

一年生《ねんせい》の誰《だれ》かが言《い》った。

「はぁ？　勝負《しょうぶ》になんねぇだろ。」

「わからないっすよ。おれら、この間《あいだ》までゴムボールの野球《やきゅう》をやってたんすから。先輩《せんぱい》らは、ずいぶん遠《とお》ざかってるでしょ。」

「おまえ……それ、強《つよ》そうに聞《き》こえないから。」

わいわい言《い》いながら、グラウンドに向《む》かう。

その背中《せなか》を、直樹君《なおきくん》が数《かぞ》える。一年生《ねんせい》が十五人《にん》、二年生《ねんせい》が十二人《にん》。全部《ぜんぶ》で二十七人《にん》。

「この人数《にんずう》で、やれんのか？　ヌクでも、野球《やきゅう》は九人対九人《にんたいにん》でやることぐらい知《し》ってるよな？」

直樹君《なおきくん》の、じつに失礼《しつれい》な質問《しつもん》。

「固《かた》いこと言《い》わずに、やってみようよ。」

小学生《しょうがくせい》のころやっていたゴムボールの野球《やきゅう》は、途中《とちゅう》から参加《さんか》する奴《やつ》や、家《いえ》の用事《ようじ》で早《はや》く帰《かえ》る奴《やつ》とかいて、人数《にんずう》なんか気《き》にしてなかった。集《あつ》まった人数《にんずう》が少《すく》なかったらホームと一塁《るい》だけ用意《ようい》して、一塁《るい》からホームに帰《かえ》ってきたら一点《てん》というようなルールでやっていた。人数《にんずう》が増《ふ》えたら、二塁《るい》と三塁《るい》も作《つく》った。

この自由《じゆう》さが、とてもいい。

それにしても、こんな大人数《おおにんずう》でやるのは、中学生《ちゅうがくせい》になってからは初《はじ》めてだ。なんだかワクワクしてきた。

「おい、明《あきら》。おまえ、なに持《も》ってんだ?」

直樹君《なおきくん》が、バットを持《も》った明君《あきらくん》に言《い》う。

呆《あき》れる明君《あきらくん》。

「なにって……? おまえ、これがバットってことわかんないのか?」

「ヌクと一緒《いっしょ》にすんなよ。バットを使《つか》う気《き》なのかって意味《いみ》だよ。」

また、失礼《しつれい》なことを言《い》う直樹君《なおきくん》。

「グローブを使《つか》わないのはわかるけど、バットも使《つか》わないのか?」

明君《あきらくん》の言《い》うとおり、ゴムボールでの野球《やきゅう》はグローブを使《つか》わない。ボールがよく弾《はず》むので、グローブだと逆《ぎゃく》にとりにくいのだ。

直樹君《なおきくん》が、バカにしたように肩《かた》をすくめる。

「おれたちが野球部員《やきゅうぶいん》だということを忘《わす》れるな。バットを使《つか》ったら、ボールが飛《と》びすぎるだろ。」

「じゃあ、手《て》で打《う》つのか？」

この質問《しつもん》には、指《ゆび》をチッチッチと振《ふ》る。そして、まわりを見回《みまわ》す。

「公園《こうえん》なら、木《き》の枝《えだ》とか落《お》ちてるんだけどな……。」

ぼくは、とてもいやな予感《よかん》がする。

直樹君《なおきくん》は、「あった、あった！」とうれしそうに言《い》って、体育館脇《たいいくかんわき》に行《い》く。そして、竹《たけ》箒《ぼうき》を破壊《はかい》すると、一本《ぽん》の竹《たけ》の棒《ぼう》に変《か》えた。

ぼくの予感《よかん》はあたった。

「バットに比《くら》べて細《ほそ》いから、ミートの練習《れんしゅう》にもなる。」

得意《とくい》げな直樹君《なおきくん》と対照的《たいしょうてき》に、ぼくの顔《かお》は青《あお》ざめる。

明君《あきらくん》が、ぼくの肩《かた》をポンと叩《たた》く。

「あとで、竹箒《たけぼうき》を直《なお》そう。直《なお》らなかったら、部員全員《ぶいんぜんいん》で直樹《なおき》を捕《つか》まえて、職員室《しょくいんしつ》へ謝《あやま》りに行《い》かせよう。」

そう言《い》う明君《あきらくん》の顔《かお》も、青《あお》ざめている。

試合《しあい》は、一年生《ねんせい》チームの先攻《せんこう》で始《はじ》まった。

二年生《ねんせい》チームは、守《まも》りにつく。もっとも、九つのポジションに、十二人《にん》もいるのだから、守備位置《しゅびいち》はグチャグチャだ。

ぼくが駄菓子屋前《だがしやまえ》に行《い》こうとすると、ピッチャーズ・マウンドに立《た》った直樹君《なおきくん》が止《と》める。

「グラウンドにいろよ。攻撃《こうげき》のときに、駄菓子屋前《だがしやまえ》まで呼《よ》びに行《い》くのが面倒《めんどう》くさい。」

「じゃあ、駄菓子屋前《だがしやまえ》のポジション、どうすんだよ?」

ぼくはきいた。

「軟式《なんしき》ボールとちがって、ゴムボールだぜ。店《みせ》に飛《と》びこんでも、大丈夫《だいじょうぶ》さ。」

なるほど、それもそうだ。

直樹君《なおきくん》が、一年生《ねんせい》チームに向《む》かって言《い》う。

「駄菓子屋前《だがしやまえ》に打《う》ったら、問答無用《もんどうむよう》でアウト。打《う》った奴《やつ》が、ボールを拾《ひろ》いに行《い》く。——それでいいか？」

「おー！」

……この自由《じゆう》さが、とてもいい。

ぼくは、とりあえずセンターとライトの間《あいだ》を守《まも》ることにする（心《こころ》の中《なか》で、守備位置《しゅびいち》に『セント』と名前《なまえ》をつける）。

試合《しあい》は、乱打戦《らんだせん》っていうのかな？　一年生《ねんせい》チームも二年生《ねんせい》チームも、ものすごく打《う》った。

細《ほそ》い竹《たけ》の棒《ぼう》（元竹箒《もとたけぼうき》）でこれだけ打《う》ててるんだから、ひょっとして、ぼくらは強《つよ》いんじゃないか？

……もっとも、ぼくは九回打席《かいだせき》が回《まわ》ってきたけど、三回《かい》しかボールにあたらなかったけどね。

あと、両《りょう》チームともエラーが多《おお》かった。

よく弾《はず》むゴムボールは、扱《あつか》いが難《むずか》しい。ちゃんとキャッチしたつもりでも、手《て》の中《なか》から逃《に》げてしまう。

また、いつものボールに比《くら》べて軽《かる》いので、思《おも》ったように投《な》げられない。

その中《なか》で、ぼくはエラーなし！

……いや、ぼくのところに飛《と》んできたボールも、センターとライトがとっちゃったからなんだけどね。

意外《いがい》だったのは、みんなが真剣《しんけん》に野球《やきゅう》してること。

ゴムボールの野球《やきゅう》なんてと、最初《さいしょ》は遊《あそ》び感覚《かんかく》のところがあった。でも、プレイしてるうちに、顔《かお》つきが変《か》わった。

必死《ひっし》で竹《たけ》の棒《ぼう》を振《ふ》る、ボールを追《お》う、キャッチする。

全力《ぜんりょく》で走《はし》って投《な》げる。

ユニフォームを着《き》たままでよかった。もし、T《ティー》シャツに短《たん》パン姿《すがた》だったら、肘《ひじ》や膝《ひざ》が擦《す》り傷《きず》だらけになっていただろう。

そして、いよいよ最終回《さいしゅうかい》の九回裏《かいうら》――（中学野球《ちゅうがくやきゅう》は七回《かい》で終《お》わるんだけど、みんなの『やっぱり九回《かい》までやるのが野球《やきゅう》だ！』という意見《いけん》で九回《かい》までやることになった）。

得点《とくてん》は五十一対《たい》四十九。一年生《ねんせい》チームが二点《てん》リード。

しかし、状況《じょうきょう》はツーアウトながらもランナーが二塁《るい》と三塁《るい》にいる。ホームランが出《で》たら逆転《ぎゃくてん》サヨナラで、ぼくら二年生《ねんせい》チームの勝利《しょうり》だ。

そしてバッターは、直樹君《なおきくん》。

「やっぱり、スーパースターには、こういう場面《ばめん》が回《まわ》ってくる宿命《しゅくめい》なんだよな。」

直樹君《なおきくん》が不敵《ふてき》に笑《わら》い、打席《だせき》に立《た》った。

天《そら》を指《さ》すように、竹《たけ》の棒《ぼう》をかまえる。メジャーリーガーみたいな、大《おお》きいかまえだ。

そのとき――。

「おまえら、なにしてんだ？」

大量《たいりょう》のコンビニ袋《ぶくろ》を持《も》ったキャプテンが立《た》っている。見慣《みな》れたユニフォーム姿《すがた》じゃなく、タンクトップに短《たん》パン、ビーチサンダルというラフな姿《すがた》でわからなかった。

試合《しあい》が中断《ちゅうだん》する。

ぼくら全員《ぜんいん》、ゴムボールで野球《やきゅう》をしてることを怒《おこ》られるんじゃないかと、ビクビクする。

「えーっとですね……。」

明君《あきらくん》が、みんなを代表《だいひょう》して説明《せつめい》した。

聞《き》き終《お》わったキャプテンが、大《おお》きなため息《いき》をつく。

「おれは、一年《ねん》と二年《ねん》で話《はな》しあえって言《い》ったよな。」

その口調《くちょう》は、怒《おこ》るというよりあきれてるって感《かん》じだ。

「どうせ昼飯《ひるめし》も食《く》わずに話《はな》しあいをやってるだろうと思《おも》って、さし入《い》れ持《も》ってきてやったのに……。」

おにぎりの入《はい》ったコンビニ袋《ぶくろ》を見《み》るキャプテン。

「部費《ぶひ》で買《か》ったんじゃないぞ。おれの小遣《こづか》いだ！」

強調《きょうちょう》するのは、そこか……。

「で、試合《しあい》の経過《けいか》は？」

「最終回《さいしゅうかい》、二年《ねん》チームの攻撃《こうげき》です。ツーアウトでランナー一、三塁《るい》。二年《ねん》チームが二点《てん》ビハインドなので、バッターの直樹《なおき》がホームランを打《う》てば逆転《ぎゃくてん》サヨナラです。」

「ふむ……。」

キャプテンが腕《うで》を組《く》んで、なにか考《かんが》え始《はじ》める。

——どんな罰《ばつ》を与《あた》えるか、考《かんが》えてるんだ……。

ぼくらは首《くび》をすくめて、キャプテンの言葉《ことば》を待《ま》つ。

「よし、代打《だいだ》だ！」

は？

首《くび》をひねるぼくらにかまわず、キャプテンが高《たか》らかに言《い》う。

「直樹《なおき》に代《か》わって、代打《だいだ》、おれ！　背番号《せばんごう》はなし。」

——えーっ！　代打《だいだ》って……。

みんながおどろいてる中《なか》、キャプテンが直樹君《なおきくん》から竹《たけ》の棒《ぼう》をうばいとろうとする。

「なに勝手《かって》なこと言《い》ってんすか！　この最高《さいこう》の場面《ばめん》で交代《こうたい》なんて、あるわけないっしょ！」

竹《たけ》の棒《ぼう》を抱《かか》えこむ直樹君《なおきくん》。

「キャプテン命令《めいれい》だ、代《か》われ！」

「イヤっす！」

「おにぎりやるぞ！」

「それでも、ダメです！」

直樹君《なおきくん》が、なんとかしてくれって感《かん》じで、ぼくを見《み》る。

ぼくは、おそるおそるだけど、はっきり言《い》う。

「ダメですよ、キャプテン。キャプテンのやろうとしてることは、ズルです。ズルは、ダメです。」

「…………」

ぼくの言葉《ことば》に、キャプテンが竹《たけ》の棒《ぼう》から手《て》をはなした。

「久《ひさ》しぶりに『ズル』って言葉《ことば》を聞《き》いたけど、すごい破壊力《はかいりょく》だな。」

うんうんとうなずくキャプテン。

「たしかに、ヌクの言《い》うとおりだ。ズルは、よくない。——仕方《しかた》ないから、審判《しんぱん》やってやるよ。」

ぼくらはみんな、聞《き》き分《わ》けのいいキャプテンの態度《たいど》にホッとした。

「早《はや》く続《つづ》きやろうぜ！」

直樹君《なおきくん》が、みんなを急《いそ》がせる。早《はや》くしないと、またキャプテンがなにか言《い》い出《だ》すと思《おも》ってるんだろう。

「プレイ！」

キャッチャーの後《うし》ろに立《た》ったキャプテンが、右手《みぎて》をあげた。

直樹君《なおきくん》が、竹《たけ》の棒《ぼう》をかまえる。

打《う》つ気満々《きまんまん》の直樹君《なおきくん》に、ストライクを投《な》げるのは危険《きけん》だ。ここはボール球《だま》を投《な》げて様子《ようす》を見《み》るのが正《ただ》しい。

一年《ねん》のピッチャーも、そう思《おも》ったのだろう。バットが届《とど》かないぐらいの高《たか》いボール球《だま》を投《な》げる。

でも――。

思《おも》いっきり竹《たけ》の棒《ぼう》を振《ふ》る直樹君《なおきくん》。

バン！

車《くるま》がパンクするような音《おと》を立《た》て、ボールが入道雲《にゅうどうぐも》に向《む》かって飛《と》ぶ。ぐんぐんと急角度《きゅうかくど》でのぼっていくボール。

「行《い》ったな――。」

ホームランを確信《かくしん》した直樹君《なおきくん》が、竹《たけ》の棒《ぼう》を放《ほう》り出《だ》す。そして、ピッチャーに向《む》かって言《い》う。

「甘《あま》いな。竹《たけ》の棒《ぼう》は、バットより長《なが》いんだぜ。あれぐらいのボール球《だま》なら、軽《かる》く届《とど》く。」

いや、甘《あま》いのは直樹君《なおきくん》だ！

「走《はし》れ！　風《かぜ》に戻《もど》されてる！」

ぼくは、叫《さけ》んだ。

ゴムボールは、軟式《なんしき》ボールより軽《かる》くて、風《かぜ》に流《なが》されやすい。外野《がいや》からホームに向《む》かって吹《ふ》く風《かぜ》に、ボールが押《お》し戻《もど》されてる。

「センター！　いや、ショート！」

一年生《ねんせい》が声《こえ》を出《だ》し、ボールの落《お》ちる位置《いち》を指示《しじ》する。

「やっべぇ！」

あわてて走《はし》り出《だ》す直樹君《なおきくん》。

二塁《るい》ベースを回《まわ》るころ、ボールがピッチャーの後《うし》ろに落《お》ち、大《おお》きく弾《はず》む。

「早《はや》く落《お》ちてこい！」

セカンドを守《まも》っていたコオロギが、空《そら》に向《む》かって手《て》を伸《の》ばす。落《お》ちてきたボールをとったとき、直樹君《なおきくん》が三塁《るい》ベースを回《まわ》った。

「ホーム！」

その指示《しじ》に、キャッチャーに向《む》かって投《な》げようとしたコオロギ。その動《うご》きが止《と》まった。

彼《かれ》の気持《きも》ちは、想像《そうぞう》できる。ボールを投《な》げても、キャッチャーがとれなかったら負《ま》ける。そして、ゴムボールはキャッチしにくい。

——直接《ちょくせつ》、タッチアウトにしなければ！

そう考《かんが》えたのだろう、コオロギはボールを持《も》って直樹君《なおきくん》を追《お》いかけた。

ホーム直前《ちょくぜん》、ヘッドスライディングする直樹君《なおきくん》。

それを追《お》いかけ、コオロギも飛《と》んだ。

巻《ま》き上《あ》がる土埃《つちぼこり》。

アウトか、セーフか！

一年生《ねんせい》と二年生《ねんせい》がホームベースのところに集《あつ》まり、キャプテンの判定《はんてい》を待《ま》つ。

「アウト！」

キャプテンが、高《たか》らかに言《い》った。

見《み》ると、直樹君《なおきくん》の手《て》はホームベースに届《とど》いていない。そして、その手《て》の上《うえ》に、ボールを持《も》ったコオロギの手《て》。

「ああ～！」

二年生《ねんせい》の間《あいだ》から、ため息《いき》が漏《も》れる。逆《ぎゃく》に、一年生《ねんせい》は大喜《おおよろこ》びだ。

「ふぅ～。」

立《た》ち上《あ》がり、ユニフォームの土《つち》を落《お》とす直樹君《なおきくん》。

「逆転《ぎゃくてん》サヨナラはできなかったけど、いい試合《しあい》だったな。」

満足《まんぞく》げにうなずく直樹君《なおきくん》の足《あし》を、ぼくは蹴《け》る。

「なに、感動的《かんどうてき》にまとめてんの？　最初《さいしょ》から真剣《しんけん》に走《はし》ってたら、アウトにならなかったんだよ。わかってる？」

「ヌクの言《い》うとおりだ！」

「真面目《まじめ》にやれよ！」

他《ほか》の二年生《ねんせい》も、ガシガシ蹴《け》り始《はじ》める。

「やめてください、先輩《せんぱい》たち。直樹先輩《なおきせんぱい》は、よくやりましたよ。」

「そうそう。いろいろあったけど、同点《どうてん》だし――。」

一年生《ねんせい》が、直樹君《なおきくん》をかばう。

さらに、キャプテンが口《くち》を挟《はさ》む。

「いや、ここは決着《けっちゃく》をつけるべきだな。」

落《お》ちてる竹《たけ》の棒《ぼう》を拾《ひろ》い上《あ》げ、素振《すぶ》りする。

「さぁ、延長戦《えんちょうせん》だ！　で、おれは、どっちのチームに入《はい》ればいいんだ？」

ニコニコ笑顔《えがお》で、ぼくらを見回《みまわ》すキャプテン。

そのとき――。

ぼくらは、キャプテンの背後《はいご》に、職員室《しょくいんしつ》から走《はし》ってくる先生《せんせい》の姿《すがた》を発見《はっけん》する。先生《せんせい》の視《し》線《せん》は、元竹箒《もとたけぼうき》だった竹《たけ》の棒《ぼう》にロックオンされている。

ジリジリとキャプテン——正確《せいかく》には、竹《たけ》の棒《ぼう》から距離《きょり》をとるぼくら。そして、近《ちか》づいた先生《せんせい》の目《め》が説教《せっきょう》モードになってるのを確認《かくにん》すると、一斉《いっせい》に逃《に》げ出《だ》す。直樹君《なおきくん》は、おにぎりの入《はい》ったコンビニ袋《ぶくろ》を、しっかり持《も》っている。

「おい、どうしたんだ?」

なにが起《お》きてるのかわかってないキャプテン。でも、説明《せつめい》してる余裕《よゆう》はない。

「走《はし》れ!」

直樹君《なおきくん》に背中《せなか》を押《お》されるように、ぼくらは走《はし》る。背後《はいご》で、キャプテンが先生《せんせい》から追及《ついきゅう》されてる声《こえ》が聞《き》こえる。

「この間《あいだ》も竹箒《たけぼうき》が壊《こわ》れてたが、おまえらがやったのか!」

キャプテンは、竹《たけ》の棒《ぼう》の正体《しょうたい》が元竹箒《もとたけぼうき》だということを知《し》らない。

ぼくらは逃《に》げる。一年生《ねんせい》も二年生《ねんせい》も一緒《いっしょ》になって——。

こんな状況《じょうきょう》だというのに、誰《だれ》かが笑《わら》い出《だ》した。あっという間《ま》に笑《わら》いは伝染《でんせん》し、青《あお》い空《そら》に吸《す》いこまれる。

翌日《よくじつ》——。

「じゃあ、なんとかなったんだね。」

鈴木《すずき》さんの言葉《ことば》を、駄菓子屋前《だがしやまえ》で守備《しゅび》についたぼくは、背中《せなか》で聞《き》く。

今日《きょう》、鈴木《すずき》さんはグローブを持《も》ってない。持《も》ってても無駄《むだ》だと思《おも》ったんだろう。

「いや、ちょっと問題《もんだい》が残《のこ》ってまして……。」

そこまで答《こた》えたとき、ボールが飛《と》んできた。

ぼくは余裕《よゆう》を持《も》ってボールの落下位置《らっかいち》に行《い》き、グローブをさし出《だ》す。素通《すどお》りするボール。

駄菓子屋《だがしや》に飛《と》びこむ前《まえ》、鈴木《すずき》さんが右足《みぎあし》でボールをトラップ。軽《かる》く浮《う》いたボールを、左《ひだり》足《あし》でぼくのグローブにパス。

受《う》けとったぼくは、帽子《ぼうし》をとって礼《れい》をする。

鈴木《すずき》さんが、ぼくにきく。

「問題《もんだい》ってのは？」

「キャプテンが、ぼくらと口《くち》をきいてくれないんです。」

すると、鈴木《すずき》さんが微笑《ほほえ》んだ。

「それについては、心配《しんぱい》ないんじゃないかな。」

「はい。ぼくも、そう思《おも》います。」

ぼくは、守備位置《しゅびいち》に戻《もど》る。

なんといっても、ぼくらはみんな野球《やきゅう》が好《す》きで、野球《やきゅう》を楽《たの》しんでる。その共通点《きょうつうてん》がある以上《いじょう》、どれだけ衝突《しょうとつ》しても、ぼくらはチームとしてやっていける。

「きみたちが一生懸命《いっしょうけんめい》やってるのを見《み》て、安心《あんしん》したよ。」

振《ふ》り返《かえ》ると、鈴木《すずき》さんが立《た》ち上《あ》がった。

「じゃあね、温君《あつしくん》。またすぐに会《あ》うと思《おも》うけど——。」

軽《かる》く手《て》をあげる鈴木《すずき》さん。

ぼくは、反射的《はんしゃてき》に帽子《ぼうし》をとり、頭《あたま》を下《さ》げた。

——〝すぐに会《あ》う〟って、どういう意味《いみ》だろう?

それをきこうと頭《あたま》を上《あ》げたときには、もう鈴木《すずき》さんは陽炎《かげろう》の向《む》こうに消《き》えていた。

いなくなってみると、彼自身《かれじしん》が陽炎《かげろう》のような存在《そんざい》だったようにも思《おも》える。

「シュート、行《い》っちゃったのか。」

店《みせ》の中《なか》から、梅《うめ》バアチャンが出《で》てきた。手《て》に、カレーせんべいとイカ串《ぐし》の入《はい》ったガラス瓶《びん》を持《も》っている。

「餞別《せんべつ》に持《も》たせてやろうと思《おも》ったのに、愛想《あいそ》のないところは変《か》わらないね。」

やれやれという感《かん》じの梅《うめ》バアチャンに、ぼくはきく。

「シュートって、鈴木《すずき》さんのこと？」

「鈴木秀人《すずきひでと》の〝秀人《ひでと》〟を音読《おんよ》みしたら、〝シュート〟になるだろ。」

なるほど。

「梅《うめ》バアチャンは、鈴木《すずき》さんを知《し》ってるの？」

「あいつは、ヌクの先輩《せんぱい》だよ。」

「えっ？」

「野球部《やきゅうぶ》で、卒業《そつぎょう》するまでポジションは駄菓子屋前《だがしやまえ》。」

そうだったのか……。

ぼくより上手《じょうず》だったか質問《しつもん》しようとして、やめた。

きくまでもなくわかる。

鈴木《すずき》さんは、何度《なんど》も何度《なんど》もボールをそらせて駄菓子屋《だがしや》に突《つ》っこませ、弁償《べんしょう》しなくてはならなくなったはずだ。そのたびに、梅《うめ》バアチャンから算盤《そろばん》の金額《きんがく》を見《み》せられる。だから、あんなに速《はや》く算盤《そろばん》の数字《すうじ》を読《よ》めたんだ。

――ぼくは、鈴木《すずき》さんほど速《はや》く読《よ》めない。つまり、彼《かれ》よりボールをそらせてないってことだ。

うん、ぼくのほうがうまい！

自信《じしん》を深《ふか》めていると、梅《うめ》バアチャンがしみじみ言《い》った。

「まったく、後輩《こうはい》になにも言《い》わないとはね……。あんなんで、体育《たいいく》の先生《せんせい》になれるのかね。」

えっ？　体育《たいいく》の先生《せんせい》？

首《くび》をひねるぼくに、梅《うめ》バアチャンが言《い》う。

「二学期《がっき》に、あんたらの中学《ちゅうがく》で教育実習《きょういくじっしゅう》するそうだよ。学校《がっこう》への挨拶《あいさつ》も兼《か》ねて、大学《だいがく》から帰《かえ》ってきたんだそうだよ。」

そして駄菓子屋前《だがしやまえ》で、中学時代《ちゅうがくじだい》の自分《じぶん》と同《おな》じ少年《しょうねん》を見《み》つけた……。

ぼくは、しばらく考《かんが》えてから言《い》う。

「大丈夫《だいじょうぶ》だよ、梅《うめ》バアチャン。鈴木《すずき》さんは、絶対《ぜったい》にいい先生《せんせい》になる。」

学校《がっこう》への挨拶《あいさつ》なんて、すぐに終《お》わる。

なのに鈴木《すずき》さんは、次《つぎ》の日《ひ》も、その次《つぎ》の日《ひ》も駄菓子屋前《だがしやまえ》に来《き》て、ぼくの話《はなし》を聞《き》いてくれた。

あんなに面倒見《めんどうみ》がいいんだ、いい先生《せんせい》にならなきゃ嘘《うそ》だ。

ぼくは、陽炎《かげろう》の向《む》こうに向《む》かって、改《あらた》めて礼《れい》をした。


大会初戦《たいかいしょせん》――。

ぼくらは、スタンドから一生懸命応援《いっしょうけんめいおうえん》した。特《とく》に、キャプテンのプレイには、他《ほか》の選手《せんしゅ》のときより数倍大《すうばいおお》きな声援《せいえん》を送《おく》った。

その結果《けっか》、我《わ》が校《こう》は五回《かい》コールドゲームで勝《か》つことができた。

ホッとした気持《きも》ちで見上《みあ》げると、あいも変《か》わらずギラギラの太陽《たいよう》が輝《かがや》いていた。


〈Ｆｉｎ〉

あとがき

どうも、はやみねかおるです。

この『打順未定《だじゅんみてい》、ポジションは駄菓子屋前《だがしやまえ》』は、野球《やきゅう》が大好《だいす》きだけど、あまり上手《じょうず》じゃない中学《ちゅうがく》二年生男子《ねんせいだんし》の物語《ものがたり》です。

野球《やきゅう》をやったことがなくても、ルールを知《し》らなくても、サッカーのほうが好《す》きでも、近所《きんじょ》に駄菓子屋《だがしや》がなくても楽《たの》しめるように書《か》きました。

いかがだったでしょうか？

☆

「友情《ゆうじょう》をテーマに、短編《たんぺん》を一本《ぽん》書《か》いてください。」

この依頼《いらい》があったのが、十年《ねん》ぐらい前《まえ》の話《はなし》です。

友情《ゆうじょう》といったら、野球《やきゅう》だな。――なぜか、そう思《おも》いました。そしてできあがったのが、ヌクと直樹《なおき》の出《で》てくる物語《ものがたり》でした。

野球《やきゅう》マンガは人《ひと》の何倍《なんばい》も読《よ》んでるけど、球技全般《きゅうぎぜんぱん》が苦手《にがて》なぼくに、野球《やきゅう》の話《はなし》が書《か》けるのか？　そんな心配《しんぱい》は不要《ふよう》でした。駄菓子屋前《だがしやまえ》の守備位置《しゅびいち》にヌクが立《た》った瞬間《しゅんかん》から、一気《いっき》に最後《さいご》まで書《か》ききることができたのを覚《おぼ》えています。

不安《ふあん》だったのは、読者《どくしゃ》の反応《はんのう》です。

ふだん、ミステリーを中心《ちゅうしん》に書《か》いたり読《よ》んだりしてるぼくが、ふつうの中学生《ちゅうがくせい》（いや、ヌクはふつう以上《いじょう》に野球《やきゅう》が下手《へた》ですが）を主人公《しゅじんこう》に書《か》いた野球小説《やきゅうしょうせつ》。うどん屋《や》さんがスパゲティを作《つく》るようなものです。はたして、楽《たの》しんでもらえるかどうか……。

でも、心配《しんぱい》したわりに、スパゲティの味《あじ》はよかったようです。駄菓子屋前《だがしやまえ》を守《まも》るヌクに、けっこうファンがついてくれました。

おかげさまで、新《あら》たに短編《たんぺん》二本《ほん》を書《か》き足《た》して、こうして一冊《さつ》の本《ほん》にまとめることができました。

☆

それでは、各編《かくへん》の思《おも》い出話《でばなし》を――。

「ポジションは駄菓子屋前《だがしやまえ》」……最初《さいしょ》に書《か》いた話《はなし》です。ぼくは野球部《やきゅうぶ》にいたことはないのですが、野球部員《やきゅうぶいん》の友《とも》だちは多《おお》くいました。そいつらに聞《き》いた話《はなし》をもとに、野球部《やきゅうぶ》の雰囲《ふんい》気《き》を書《か》いてみました。後半《こうはん》で、ヌクと直樹《なおき》が自転車《じてんしゃ》で走《はし》る堤防道《ていぼうみち》は、生《う》まれ故郷《こきょう》の宮川《みやがわ》グラウンドから宮川《みやがわ》スポーツグラウンドへの道《みち》をモデルにしました。

「ポジションはポイントガード」……ヌクとは正反対《せいはんたい》の女《おんな》の子《こ》――運動神経《うんどうしんけい》がよく、体《からだ》の大《おお》きなハルを出《だ》してみました。それから、野球《やきゅう》が下手《へた》なヌクがバスケットボールをやったらどうなるかという興味《きょうみ》もありました。書《か》いてから思《おも》ったのは、ぼくには「好《す》きこそものの上手《じょうず》なれ」より「下手《へた》の横好《よこず》き」という言葉《ことば》が似合《にあ》ってるということでした。

「ポジションはセント？」……〝セント〟という造語《ぞうご》の意味《いみ》は、本編《ほんぺん》を読《よ》んでもらうとして――。部活《ぶかつ》には、先輩《せんぱい》や後輩《こうはい》がいます。自分《じぶん》より上手《じょうず》な後輩《こうはい》もいれば、下手《へた》な先輩《せんぱい》もいます。そこには〝ややこしい人間関係《にんげんかんけい》〟というものが存在《そんざい》します。ややこしいけど、とても大切《たいせつ》な人間関係《にんげんかんけい》。逃《に》げることなく自分《じぶん》たちで解決《かいけつ》するのが大事《だいじ》なんでしょうね。あと、駄菓子屋前《だがしやまえ》というポジションには、歴史《れきし》があるんだということも書《か》きたかったです。

☆

小学生《しょうがくせい》の頃《ころ》、放課後《ほうかご》は、いつも野球《やきゅう》をしていました。

場所《ばしょ》は、宮川《みやがわ》グラウンド。グラウンドの近《ちか》くに住《す》んでいたぼくは、真《ま》っ先《さき》に行《い》って場所《ばしょ》とりしました。

だれもいない広《ひろ》いグラウンドで、バックネットにボールをぶつけたりしてると、一人《ひとり》、二人《ふたり》とやってきます。

人数《にんずう》によって、ノックや*ワンバンノーバンなど、やる内容《ないよう》が決《き》まります。たくさん集《あつ》まったら二《ふた》チームに分《わ》かれて試合《しあい》します。

自由《じゆう》なように見《み》えて、試合《しあい》には細《こま》かいルールがありました。

フォアボールなし、三振《さんしん》あり（みんなコントロールが悪《わる》いので、フォアボールありだと試合《しあい》になりません）。魔球《まきゅう》なし（マンガで覚《おぼ》えた魔球《まきゅう》は、どこに行《い》くのかわからないので試合《しあい》になりません）。速《はや》くて打《う》てないボールは投《な》げない（バッターが打《う》たないと守《まも》ってる人《ひと》が退屈《たいくつ》なので）。ランナーにタッチする代《か》わりにボールをぶつけてもアウト（人数《にんずう》が少《すく》

*ワンバンノーバン……ピッチャー一人《ひとり》、バッター一人《ひとり》、あとは守備《しゅび》。ピッチャーが投《な》げたボールを、バッターが打《う》つ。打《う》ったボールを、ノーバウンドかワンバウンドでキャッチできた者《もの》が、バッターと交代《こうたい》する。地方《ローカル》ルールです。

ないときのルール。ただし、思《おも》いっきりぶつけたらダメ)。レフト側《がわ》の土手《どて》を越《こ》えるファールを打《う》ったら、バッターがとりに行《い》く(土手《どて》を越《こ》えるのが面倒《めんどう》なので、だれもとりに行《い》きたくないのです)。負《ま》けてるからといって、試合中《しあいちゅう》に相手《あいて》チームに移《うつ》るの禁止《きんし》(それこそ、試合《しあい》になりません)。ボールが行方不明《ゆくえふめい》になったときは全員《ぜんいん》でさがす(グラウンドの外《そと》は、腰《こし》の高《たか》さまである草《くさ》むらなのです)。——などなど。

そして、この細《こま》かいルールも集《あつ》まったメンバーや気分《きぶん》で変《か》わるので、油断《ゆだん》できません。

試合《しあい》が終《お》わるのは、ボールが完全《かんぜん》に行方不明《ゆくえふめい》になったときか、日《ひ》が暮《く》れてチームメイトの区別《くべつ》ができなくなったときか、カレーの匂《にお》いが流《なが》れてきたときでした。

どっちが勝《か》ったかは、あまり重要視《じゅうようし》されませんでした。どうせ次《つぎ》の日《ひ》には、またチーム替《が》えしますから。

大人《おとな》になった今《いま》、あの頃《ころ》は、どうしてあんなに時間《じかん》があったのか不思議《ふしぎ》です。草野球《くさやきゅう》から帰《かえ》ってきて、薪割《まきわ》りしつつ風呂焚《ふろた》きをしても、まだ夕飯《ゆうはん》まで余裕《よゆう》がありました。今《いま》は、あっという間《ま》に時間《じかん》が過《す》ぎてしまいます。

そして、もう宮川《みやがわ》グラウンドはありません。大《おお》きくなった堤防《ていぼう》の一部《いちぶ》に、飲《の》みこまれてしまいました。

さびしい気持《きも》ちもしますが、小学生《しょうがくせい》が遊《あそ》んでいないグラウンドを見《み》るよりいいかなと思《おも》って、無理《むり》やり納得《なっとく》しています。

☆

ぼくの書《か》いたものは、ときどき、塾《じゅく》の問題集《もんだいしゅう》や私立中学校《しりつちゅうがっこう》の入試問題《にゅうしもんだい》に使《つか》われたりします。その中《なか》でも、もっとも多《おお》く使《つか》われているのが、この「打順未定《だじゅんみてい》、ポジションは駄菓子《だがし》屋前《やまえ》」です。

問題《もんだい》を解《と》いてみるのですが、なかなか難《むずか》しいです。

ただ、解答《かいとう》を見《み》て「ヌクは、こんなことを考《かんが》えていたのか。」とか「ここの行動《こうどう》には、そんな意味《いみ》があったのか。」と気《き》づかされることが多《おお》く、勉強《べんきょう》になります。

いつかは満点《まんてん》を取《と》れるように、がんばります！

☆

最後《さいご》になりましたが、感謝《かんしゃ》の言葉《ことば》を――。

十年《ねん》ぐらい前《まえ》に、短編《たんぺん》の依頼《いらい》をしてくださった山室《やまむろ》さん。ありがとうございました。久《ひさ》しぶりにヌクたちを書《か》かせてもらいましたが、あいかわらず中学《ちゅうがく》二年生《ねんせい》で、みんな一生懸《いっしょうけん》命野球《めいやきゅう》していて、ちっとも変《か》わってないことにホッとしました。

生《い》き生《い》きした子《こ》どもたちを描《か》いてくださった、ひのた先生《せんせい》。ありがとうございました。ヌクの表情《ひょうじょう》からは、下手《へた》だけど野球《やきゅう》が大好《だいす》きということが伝《つた》わってきます。ひのた先生《せんせい》のイラストを見《み》ていると、真夏《まなつ》のグラウンドで、思《おも》いっきり体《からだ》を動《うご》かしたくなります。

奥《おく》さんと二人《ふたり》の息子《むすこ》――琢人《たくと》と彩人《さいと》へ。二人《ふたり》が小学生《しょうがくせい》のとき、キャッチボールをしてたのを覚《おぼ》えてますか？　庭《にわ》に板《いた》を埋《う》めてピッチャープレートを作《つく》り、毎日《まいにち》投《な》げこみましたよね。ぼくらは楽《たの》しかったけど、いくつも鉢植《はちう》えを割《わ》られた奥《おく》さんは、たまったもんじゃなかったでしょうね。

あの頃《ころ》、宮川《みやがわ》グラウンドで野球《やきゅう》をしていたみんなへ。まだ、ボールは投《な》げられますか、バットは振《ふ》れますか？　ぼくは、鎖骨《さこつ》を折《お》ったりもしたけど、まだまだ投《な》げられますよ。この本《ほん》には、あの頃《ころ》の楽《たの》しかった思《おも》い出《で》を詰《つ》めこみました。もし、何《なに》かの縁《えん》で、この本《ほん》を手《て》にとったら、宮川《みやがわ》グラウンドを走《はし》り回《まわ》っていたあの頃《ころ》を思《おも》い出《だ》してください。

そして、読《よ》んでくれた読者《どくしゃ》の皆《みな》さんへ。いつもありがとうございます。この本《ほん》を読《よ》んで野球《やきゅう》をしたくなったら、作者《さくしゃ》としては何《なに》よりの喜《よろこ》びです。今《いま》しか経験《けいけん》できない楽《たの》しい時間《じかん》を過《す》ごしてください。

☆

それでは、また別《べつ》の物語《ものがたり》で、お目《め》にかかりましょう。
それまでお元気《げんき》で。
では！
Good Night, And Have a Nice Dream!《グッドナイトアンドハブアナイスドリーム》

＊著者紹介

はやみねかおる

1964年、三重県に生まれる。三重大学教育学部を卒業後、小学校の教師となり、クラスの本ぎらいの子どもたちを夢中にさせる本をさがすうちに、みずから書きはじめる。「怪盗道化師《ピエロ》」で第30回講談社児童文学新人賞に入選。〈名探偵夢水清志郎事件ノート〉〈怪盗クイーン〉〈大中小探偵クラブ〉〈YA! ENTERTAINMENT「都会《まち》のトム＆ソーヤ」〉〈少年名探偵虹北恭助の冒険〉などのシリーズのほか、『バイバイ　スクール』『ぼくと未来屋の夏』『復活!!　虹北学園文芸部』『帰天城《かえりそらじょう》の謎　TRICK　青春版』（以上すべて講談社）などの作品がある。

＊画家紹介

ひのた

漫画家、イラストレーター。四季と青春を描くのが好き。おもな作品に「晴れのち四季部」シリーズ（KADOKAWA）、装画・挿絵に「DOUBLES!! −ダブルス−」シリーズ（メディアワークス文庫）、「ステージ・オブ・ザ・グラウンド」シリーズ（電撃文庫）、『ボニンブルーのひかり』（河出書房新社）などがある。

この作品は『YA! アンソロジー　友情リアル』（二〇〇九年九月初版　講談社）所収「打順未定、ポジションは駄菓子屋前」を大幅に加筆修正し、新たに二編を書き下ろし、イラストをつけたものです。

講談社　青い鳥文庫

打《だ》順《じゅん》未《み》定《てい》、ポジションは駄《だ》菓《が》子《し》屋《や》前《まえ》

はやみねかおる

2018年6月25日　第1刷発行

（定価はカバーに表示してあります。）

発行者　渡瀬昌彦

発行所　株式会社講談社

東京都文京区音羽2-12-21　郵便番号112-8001

電話　編集（03）5395-3536

販売（03）5395-3625

業務（03）5395-3615

N.D.C.913　236p　18cm

装　丁　前田麻依＋ベイブリッジ・スタジオ

久住和代

印　刷　図書印刷株式会社

製　本　図書印刷株式会社

本文データ制作　講談社デジタル製作

ISBN978-4-06-512097-2

おもしろい話がいっぱい！

パスワード シリーズ

パスワードは、ひ・み・つ new　松原秀行
パスワードのおくりもの new　松原秀行
パスワードに気をつけて new　松原秀行
パスワード謎旅行 new　松原秀行
パスワードとホームズ4世 new　松原秀行
続・パスワードとホームズ4世 new　松原秀行
パスワード「謎《パズル》」ブック　松原秀行
パスワードvs.紅カモメ　松原秀行
パスワードで恋をして　松原秀行
パスワード龍《ドラゴン》伝説　松原秀行
パスワード魔法都市　松原秀行
パスワード春夏秋冬(上)(下)　松原秀行
魔法都市外伝 パスワード幽霊ツアー　松原秀行
パスワード地下鉄ゲーム　松原秀行
パスワード四百年パズル「謎《パズル》」ブック2　松原秀行
パスワード菩薩崎決戦　松原秀行
パスワード風浜クエスト　松原秀行
パスワード忍びの里 卒業旅行編　松原秀行
パスワード怪盗ダルジュロス伝　松原秀行
パスワード悪魔の石　松原秀行
パスワードダイヤモンド作戦！　松原秀行
パスワード悪の華　松原秀行
パスワード ドードー鳥の罠《わな》　松原秀行
パスワード レイの帰還　松原秀行
パスワード まぼろしの水　松原秀行
パスワード 終末大予言　松原秀行
パスワード 暗号バトル　松原秀行
パスワード外伝 猫耳探偵まどか　松原秀行
パスワード外伝 恐竜パニック　松原秀行
パスワード 渦巻き少女《ガール》　松原秀行
パスワード 東京パズルデート　松原秀行
パスワード UMA《ユーマ》騒動　松原秀行
パスワード はじめての事件　松原秀行
パスワード 探偵スクール　松原秀行
パスワード 学校の怪談　松原秀行

名探偵 夢水清志郎 シリーズ

そして五人がいなくなる　はやみねかおる
亡霊《ゴースト》は夜歩く　はやみねかおる
消える総生島　はやみねかおる
魔女の隠れ里　はやみねかおる
機巧館《からくりやかた》のかぞえ唄　はやみねかおる
踊る夜光怪人　はやみねかおる
ギヤマン壺の謎　はやみねかおる
徳利長屋の怪　はやみねかおる
人形は笑わない　はやみねかおる
「ミステリーの館」へ、ようこそ　はやみねかおる
あやかし修学旅行 鵺《ぬえ》のなく夜　はやみねかおる
笛吹き男とサクセス塾の秘密　はやみねかおる
オリエント急行とパンドラの匣《ケース》　はやみねかおる
ハワイ幽霊城の謎　はやみねかおる
卒業 開かずの教室を開けるとき　はやみねかおる
名探偵vs.怪人幻影師　はやみねかおる
名探偵vs.学校の七不思議　はやみねかおる
名探偵と封じられた秘宝　はやみねかおる

怪盗クイーン シリーズ

怪盗クイーンはサーカスがお好き　はやみねかおる
怪盗クイーンの優雅な休暇《バカンス》　はやみねかおる

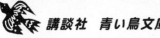

- 怪盗クイーンと魔窟王《まくつおう》の対決　はやみねかおる
- 怪盗クイーン、仮面舞踏会にて　はやみねかおる
- 怪盗クイーンに月の砂漠を　はやみねかおる
- 怪盗クイーン、かぐや姫は夢を見る　はやみねかおる
- 怪盗クイーンと悪魔の錬金術師《れんきんじゅつし》　はやみねかおる
- 怪盗クイーンと魔界の陰陽師《おんみょうじ》　はやみねかおる
- ブラッククイーンは微笑《ほほえ》まない　はやみねかおる
- 怪盗道化師《ピエロ》　はやみねかおる
- バイバイ スクール　はやみねかおる
- オタカラウォーズ　はやみねかおる
- 少年名探偵WHO《フー》 透明人間事件　はやみねかおる
- 少年名探偵虹北恭助の冒険　はやみねかおる
- ぼくと未来屋の夏　はやみねかおる
- 恐竜がくれた夏休み　はやみねかおる
- 復活!! 虹北学園文芸部　はやみねかおる

大中小《だいちゅうしょう》探偵クラブ シリーズ

- 大中小探偵クラブ (1)〜(3)　はやみねかおる

タイムスリップ探偵団 シリーズ

- 坂本龍馬は名探偵!!　楠木誠一郎
- 平賀源内は名探偵!!　楠木誠一郎
- 聖徳太子は名探偵!!　楠木誠一郎
- 新選組は名探偵!!　楠木誠一郎
- 豊臣秀吉は名探偵!!　楠木誠一郎
- 福沢諭吉は名探偵!!　楠木誠一郎
- 一休さんは名探偵!!　楠木誠一郎
- 安倍晴明は名探偵!!　楠木誠一郎
- 宮沢賢治は名探偵!!　楠木誠一郎
- 宮本武蔵は名探偵!!　楠木誠一郎
- 徳川家康は名探偵!!　楠木誠一郎
- 平清盛は名探偵!!　楠木誠一郎
- 織田信長は名探偵!!　楠木誠一郎
- 真田幸村は名探偵!!　楠木誠一郎
- 源義経は名探偵!!　楠木誠一郎
- 清少納言は名探偵!!　楠木誠一郎
- 黒田官兵衛は名探偵!!　楠木誠一郎
- 伊達政宗は名探偵!!　楠木誠一郎
- 西郷隆盛は名探偵!!　楠木誠一郎
- 真田十勇士は名探偵!!　楠木誠一郎
- 関ヶ原で名探偵!!　楠木誠一郎
- ナポレオンと名探偵!　楠木誠一郎

宮部みゆきのミステリー

- ステップファザー・ステップ　宮部みゆき
- 今夜は眠れない　宮部みゆき
- この子だれの子　宮部みゆき
- 蒲生邸《がもうてい》事件 (前編・後編)　宮部みゆき

お嬢様探偵ありす シリーズ

- お嬢様探偵ありす (1)〜(8)　藤野恵美
- 七時間目の怪談授業　藤野恵美
- 七時間目の占い入門　藤野恵美

名探偵 浅見光彦 シリーズ

- ぼくが探偵だった夏　内田康夫
- 耳なし芳一からの手紙　内田康夫
- しまなみ幻想　内田康夫

千里眼探偵部 シリーズ

- 千里眼探偵部 (1)〜(2)　あいま祐樹

「講談社《こうだんしゃ》 青《あお》い鳥文庫《とりぶんこ》」刊行《かんこう》のことば

太陽《たいよう》と水《みず》と土《つち》のめぐみをうけて、葉《は》をしげらせ、花《はな》をさかせ、実《み》をむすんでいる森《もり》。小《こ》鳥《とり》や、けものや、こん虫《ちゅう》たちが、春《はる》・夏《なつ》・秋《あき》・冬《ふゆ》の生活《せいかつ》のリズムに合《あ》わせてくらしている森《もり》。森《もり》には、かぎりない自然《しぜん》の力《ちから》と、いのちのかがやきがあります。

本《ほん》の世界《せかい》も森《もり》と同《おな》じです。そこには、人間《にんげん》の理想《りそう》や知恵《ちえ》、夢《ゆめ》や楽《たの》しさがいっぱいつまっています。

本《ほん》の森《もり》をおとずれると、チルチルとミチルが「青《あお》い鳥《とり》」を追《お》い求《もと》めた旅《たび》で、さまざまな体験《たいけん》を得《え》たように、みなさんも思《おも》いがけないすばらしい世界《せかい》にめぐりあえて、心《こころ》をゆたかにするにちがいありません。

「講談社《こうだんしゃ》 青《あお》い鳥文庫《とりぶんこ》」は、七十年《ねん》の歴史《れきし》を持《も》つ講談社《こうだんしゃ》が、一人《ひとり》でも多《おお》くの人《ひと》のために、すぐれた作品《さくひん》をよりすぐり、安《やす》い定価《ていか》でおおくりする本《ほん》の森《もり》です。その一さつ一さつが、みなさんにとって、青《あお》い鳥《とり》であることをいのって出版《しゅっぱん》していきます。この森《もり》が美《うつく》しいみどりの葉《は》をしげらせ、あざやかな花《はな》を開《ひら》き、明日《あす》をになうみなさんの心《こころ》のふるさととして、大《おお》きく育《そだ》つよう、応援《おうえん》を願《ねが》っています。

昭和《しょうわ》五十五年《ねん》十一月《がつ》

講談社